珍愛晶鑽

062

花

決明 著

木馬文化事業有限公司

遙花

作　　者　決　明
責任編輯　李慧玉
出 版 者　禾馬文化事業有限公司
11083台北市信義區忠孝東路五段508號4樓之1
電話：(02) 66395508
傳真：(02) 66365508
E-mail：customer@homerpublishing.com.tw
桃子熊網站：http://homerpublishing.com.tw
禾馬文化事業有限公司—桃子熊工作室
發 行 部　台北市南港區南港路二段95號7樓
劃撥帳號：17914120
戶　　名：禾馬文化事業有限公司
初　　版　二〇一〇年六月
國際書碼　ISBN 978-986-270-026-6
定　　價　新台幣 200 元
本公司法律顧問／通律法律事務所 所長楊永成律師

國家圖書館出版品預行編目資料

遙花/決　明著.--初版.--
臺北市：禾馬文化, 2010.06
面；　公分.--(珍愛晶鑽；62)
ISBN 978-986-270-026-6(平裝)

857.7　　99008481

情感的萌生，誰都控制不來

明知不能愛上，卻仍是深陷情網……

楔子

「人死不能復生，少爺您別這樣……」

「閉嘴！閉嘴閉嘴閉嘴——」

赫連瑤華髮指眥裂，模樣猙獰駭人，黑髮凌亂，整夜未闔的眸，滿佈鮮紅血絲，他嘶聲吼著，嗓粗瘖沙啞，手背上青筋突起，雙手死命護住膀間裡不盈一握的纖細秀肩，力道之大，卻換不來纖肩主人的嚶嚀喊疼，他情願她哭著說他弄疼她了！情願她抿唇蹙眉要他放開她！情願她在他懷裡掙扎抵抗……也不要她如同此刻，以教人絕望的靜寂和溫馴，冷冰冰依偎在他胸口，死去。

「您、您要節哀順變呀……少夫人她已經……已經去了……」不忍見主子近乎瘋狂、失去理智，在赫連家奉事已近五十載的老總管，強壓下被主子陰狠無情瞪視的惶恐，道出顯而易見的殘酷事實。

「滾出去！全都給我滾出去！誰敢再囉嗦半個字，我就殺了誰！滾——」赫連瑤華宛若負傷野獸，誰近身就要撲咬誰一般的癲狂，他將懷中人兒拽得更緊，嵌進心窩處，生怕任何人來帶走她，拒絕去感受熨貼在那兒的臉頰早已失去溫度和血色，沒了鼻息——

無人敢再多嘴半句，同情與懼怕的目光同時落向赫連瑤華背影，他們深知這個男人有多愛他的妻子，儷影相伴的恩恩愛愛，在宅邸四處時時可見，少夫人最愛的柳湖畔，有他抖開厚裘，輕輕披在她肩上的柔情似水；特地為愛妻植滿白梅的清寧庭園，梅瓣與飄雪繽紛墜落，夫婦倆手執紙傘，漫步其間……

他們同情於赫連瑤華的痛失摯愛，更懼怕於赫連瑤華的痛失摯愛。

他愛她。

他只愛她。

其餘人事物都別妄想得到他的溫柔和包容。

赫連瑤華並非善類，他行事陰狠無情，官途之上，剔除阻擋在面前的礙事東西總是快狠準，不曾心軟、沒有慈悲，誰與他作對，他便除去誰；誰與他站在敵對一方，他便收拾誰，他從來就不是個清廉愛民的好官，唾手可得的錢財擺於眼前，勾勾手指，便有人爭先恐後奉上金銀珠寶來打通商路，他收賄，收得心安理得，他貪污，貪得毫無節制，他這種人，官場間的應對進退做得漂亮，他曾是國舅爺的心腹，暗地裡為國舅爺整肅異己，許多見不得人之事，國舅爺全仰仗赫連瑤華去處置，這也是為何赫連瑤華官途一路順遂，即便是個貪官，卻未因而失勢。

這樣的赫連瑤華，獨鍾於愛妻白綺繡。

他疼愛她，視她如精緻易碎的薄透瓷娃，捧在手心，傾盡心力給她最美好的一切，只消能換她一笑，他可以為她尋遍最柔軟精緻的綾羅綢緞來裁製衣裳；他可以為哄她多吃幾口飯菜，耗費百兩千金，找來罕見食材，並聘任數十位名廚烹煮各式菜餚，外人眼中所見的劣官吏，也能擁有這般細膩體貼的深濃情意。

但，白綺繡死了。

他的愛，死了。

唯一的溫柔和包容……死了。

失去了僅存的一方柔情，赫連瑤華會變成怎樣的人？

眾人怕得不敢再想下去──

「綺繡……妳起來……綺繡、綺繡、綺繡、綺繡……」

赫連瑤華輕拍懷裡人兒的冰冷臉頰，不敢太使勁，想喚醒她，要她別貪睡，別惡作劇地嚇唬他……

「快睜開眼睛看我……綺繡、綺繡……」

第一章

今天府邸內的氛圍，既沉，又靜。

除了風兒拂撩過樹梢所激起的沙沙聲響外，偌大官宅之中，不聞嘻笑怒罵的交談。

辛勤於園徑裡清掃落葉的美婢們，斂起每回工作時不改嬌笑閒聊的輕浮，個個低垂螓首，紮辮烏絲軟軟熨貼胸前，粉櫻色唇瓣緊抿，她們深諳，此時此刻的最佳保身方法，便是多做少說，更不可以露出欣喜笑靨……

至少，今天不行。

今天，是少夫人的祭日，一個悲傷至極的日子，五年前的這一日，府邸中風雲變色，赫連府失去溫婉賢良的女主人，伴隨而來的，是少爺抱緊妻子屍身的痛哭失聲，一聲一聲悲泣痛號，嘶喊妻子姓名的崩潰無助，彷彿仍迴繞耳邊，久久不散。

一轉眼，五年過去，赫連府邸卻仍未從哀戚之間脫離，人說死者入土為安，活著的人，還有漫長日子得過下去，不能長期浸淫於失去親人的痛楚，白綺繡逝世五年，照理來說，緬懷她是在所難免，畢竟她在世時，待府裡下人極為親切和藹，不端出高高在上的主人架子，誰都喜愛她、敬重她，沒有誰會因為她的死去，而遺忘掉赫連府裡曾經擁有一位如此恬靜賢淑的清妍夫人，然而，府內低迷委靡的氣氛，五年來依舊如昔……

依舊如昔。

五年，足夠教永眠黃土的屍身腐朽為骨，逝者魂魄更是飄緲徘徊在未知的彼岸黃泉，與人世遙遙相隔，時間卻像在赫連府中靜止下來——是的，時間靜止，靜止在白綺繡斷氣那一天。

雖說今日是「祭日」，府裡沒人膽敢將這兩字掛嘴邊，若讓赫連瑤華聽見，被杖打教訓是小事，有沒有命活著踏出赫連府才是大事。

赫連瑤華不承認白綺繡死亡，既然沒死，何來祭日？

眾人認為赫連瑤華瘋掉了，這個男人不肯接受妻子死去的現實，拒絕聽進任何勸說，若只是思想上逃避面對喪妻之痛，沉浸思念中，鎮日以酒澆愁，或許還搆不上「瘋狂」之名，赫連瑤華的瘋狂在於，這五年裡，他沒有放棄過「喚醒」白綺繡，所有傳言能使死人復生的方式，他都試過。

拜遍了仙佛、求遍了廟宇、散去了錢財，號稱法力高深的僧人、擁有特異能力的奇人、據說是某神某仙降世的活佛、天山奇果、小小一顆便叫價萬兩的活命金丹，甚至妖人，赫連瑤華皆不辭辛勞地將之尋來……

他不讓白綺繡下葬，想盡辦法保留她生前模樣，要白綺繡復活時，肉身也能完好無缺。

他命人為她打造長命鎖，佩戴於她胸前，白銀鎖片上刻有「金玉滿堂，長命富貴」，借以去邪辟災，「鎖」住她的生命，不讓她被陰曹鬼差帶走。

他點燃七層長明燈，懸掛五色續命長幡，更寫下自身八字，供於佛堂，願折己壽，延長她的。

他在屋裡日夜點燃抗腐毒香，香息瀰漫整室，味兒甚至飄出屋外，他更要人天天熬煮藥浴，為妻子淨身，目的自然仍是護好她的身軀，不允她腐壞。

府內僅有極少數人見過白綺繡現今模樣，據說完全不像死去之人，反倒像是美人在暖春午後，枕臥長榻的悠閒小憩，那般靜謐、安詳，彷彿只要出聲喚她，她便會睜眼醒來。

赫連瑤華如此偏執，看在府裡下人眼中，不免唏噓。

人死復生，根本是不可能達成的事，聰明如赫連瑤華又怎會愚蠢到堅信有辦法救回白綺繡？

高僧無能為力，奇人鎩羽而歸，金丹仙果全是誇大其效的廢物，他們都沒能為赫連瑤華帶來希望，換來的，是一遍又一遍的失落、嘆息及憤怒。

眾人暗忖，他不過是自欺欺人，做著徒勞無功的笨事，他們期盼著他死心，希望他有朝一日能看開，厚葬愛妻，為其超度，再好好調整悲傷心緒，興許日後仍能遇見另一位教他愛慕珍惜的女子，將對白綺繡的眷戀轉移開來。

到底還要失敗多少回，赫連瑤華才會醒悟？才會認命接受白綺繡已經離他遠去的事實？

「這麼多年過去，少夫人從來沒有復生跡象，上回我被派去整理少爺夫人的廂房，隔著床幔往裡偷瞧，一具死屍，躺在那兒，不動不醒不能吃不能喝，真教人毛骨聳然……」沉默的婢女群中，還是有人管不住嘴兒，受不了悶重氣氛，邊揮舞著竹帚掃地，邊嘀嘀嘟嘟說道：「就算看起來像是熟睡，畢竟仍是往生五年的屍體，少爺都不害怕嗎？」伴屍同眠，聽來好膽寒。

「珮珮……這番話千萬別胡說，讓人聽見不好……」她身旁的雙髻小婢聞言嚇得俏顏泛白，連忙阻止她說下去。在府裡，關於少夫人的一切，都是只能意會默認，不許拿出來說嘴。

「妳們不覺得嗎？屋裡擺放一具腐壞不了的屍體，不替她下葬，說什麼終有一日會活回來，少爺很癡情沒錯啦，但……他的行徑讓人害怕，而且……有點變態。」珮珮兀自說著，幾個年輕小婢倒抽涼息，誰都不敢插話附和，甚至一兩名較為伶俐的資深婢女，趕緊收拾手邊灑掃工具，明哲保身地退離開來。

話，可以在心裡想想，絕對不能大剌剌說出口，尤其是這樣不敬之詞，落入主子耳中，豈能全身而退？

「碎嘴的丫頭！」

一聲怒斥，伴隨響亮摑掌，如颺風颳來，打得婢女珮珮跌坐冷硬石階上，梳綰的小髻凌亂鬆垮，小巧鈿飾散落一地，足見力道之大。

珮珮驚恐抬起頭，痛得淚花打轉的眸中，望見老總管繃著憤怒的蒼老臉龐，那一巴掌正是來自於他，老總管怒不可遏的炙焰固然駭人，站在老總管身後，面若冰霜的赫連瑤華，教她更是渾身泛起哆嗦寒顫——

赫連瑤華挺直佇立在濃密樹蔭下，層層疊疊的搖曳葉影籠罩他英挺容貌，帶來幾絲陰霾，黑如墨石的雙瞳透露出森冷無情的淡漠，削瘦臉龐泛有淺淺的暗青色澤，是屋裡日夜不曾停止焚燒的防腐毒香所帶來的後遺，加上他每天抱著白綺繡一塊兒浸泡藥浴，毒性在他體內恣意流竄，使得原本端正的五官看來倒有數分猙獰及病態。

他瞇眸，不發一語，居高臨下睥睨她，珮珮嚇得直發抖。

她死定了……這一次誰都救不了她……特別是在白綺繡祭日的今天，赫連瑤華心情最糟的今日……她那番不經大腦而吐出的隨興話語竟然被赫連瑤華全盤聽見

「少爺饒命……少爺請饒命……我、我、我……」珮珮雙膝發軟，根本無法從地上起身，只能連忙伏跪，不住磕頭，汗水與淚水早已爬滿雙腮。

「我不要再看見她。」赫連瑤華冷冷留下一句，頭也不回邁步而去，僅餘一身薰裊的藥毒味飄散。

直至赫連瑤華走遠，老總管怒氣未消，數落失言的珮珮：「算妳今天好狗運！要不是少爺趕著去嚴家當舖，又豈會如此輕饒妳?!府裡不能再留妳，妳收拾包袱，速速離開。其餘人也給我謹言慎行些！在赫連府裡多做事少說話！」老總管殺雞儆猴地一併教訓眾人，珮珮的下場，讓大家引以為戒。

幾名小婢匆匆伸手攙扶珮珮起身，珮珮啜泣不已。婢女差事不保，至少小命保住了，她剛才真的認為自己會被赫連瑤華給處以私刑，拖到後園去亂棍打死……

畢竟他那句「我不要再看見她」，可以有完全不同的解釋。

她該慶幸，赫連瑤華趕去嚴家當舖……

換做是平時，珮珮確實生死堪慮，她批評他的那些話，他不以為意，然而她提及綺繡，語意中輕蔑的「毛骨聳然」，令他不滿。

但今日，赫連瑤華不浪費時間在她身上，他有更重要之事待辦。

昨天夜裡，歐陽紅意產下第二胎，他清晨由西京趕回來，乍聞此一消息，連梳洗更衣都免了，先回房見了綺繡，便急忙要去嚴家當舖，焦急的模樣彷彿當爹之人是他一般。

歐陽妘意與他非親非故，兩人之間的相識更是建立在對彼此印象超差的恩怨上，歐陽妘意更險些喪命於他之手，她生孩子，與他何干?至少，恨不得插翅飛奔到嚴家當鋪的躁急心境，不該出現在他身上。

偏偏不對盤的兩人，這些年來，越來越熟稔，從她懷孕之前的調養身體、日常生活中的藥膳滋補、到她生完頭一胎女兒的月子進補，全由他派人一手包辨，伺候她比伺候爹親更加盡孝，理由無他，仍是為了他的愛妻綺繡。

他無所不用其極，一心想救回白綺繡，為她，他什麼都願意去做，當他得知世上存在著古老神祕的「蠱族」，以及蠱族人奉為聖物，寄宿於他們體內的珍稀靈蠱「金絲蠱」，他振奮得近乎快要發狂!他要得到牠!無論花費多少銀兩，他都要得到牠!

得到能在宿主體內，吐絲治癒所有傷勢的不可思議靈蠱!

他查到蠱族最後一滴血脈仍未滅盡，牠在一個名叫「古初歲」的藥人體內，他欣喜若狂，用了手段，撒了重金，終於從擁有藥人的軍醫手中買下古初歲。

他要剖開古初歲的胸膛，取出金絲蠱，將牠放進綺繡體內，讓牠治癒綺繡……

牠能為藥人做到的，定也能為綺繡做到。因牠之故，藥人飲下千萬種毒，五臟六腑全浸在毒血裡，這樣竟然都能活下來，綺繡不過是區區一杯鴆毒，又豈會難倒金絲蠱？

他不在乎為綺繡而殺人，他很自私，只顧及自身的喜樂幸福，古初歲對他而言就只是一個輔助綺繡復活的「東西」，古初歲死活，從一開始就不在他的思考範圍之中。

但是，歐陽妅意在意，她在意古初歲的生死，在意到獨闖赫連府邸想救他出去。

失去綺繡的他，嫉恨歐陽妅意與古初歲，嫉恨他們兩人活著相擁，嫉恨他們牽挽彼此的手，牢牢不放，他嫉恨他們擁有他喪失的一切！

他打散了那對鴛鴦，用自己握住匕首的手，劃斷歐陽妅意的頸脈。

那並不是一件很愉快的回憶。

古初歲緊抱歐陽妅意失聲痛哭的模樣，似曾相識，曾經有個男人，也哭得這般撕心裂肺、這般無所適從，只因他失去了摯愛……

赫連瑤華坐在馬車車廂內，輕輕搖首，甩去早已是數年前的往事。再回顧並無意義，歐陽妅意沒死——他的那一刀，劃出連她自己都不知道的祕密，她竟也是擁有金絲蠱的蠱族人——古初歲亦活得很好，誰都沒想到，這些年間，他會與這對夫妻的關係如此密切，甚至有求於他們，所幸古初歲與歐陽妅意皆是怪人，面對不曾善待他們的他，仍能以德報怨，並未為難他，還同意達成他的心願……

只是那個心願，至今仍是遙遠無期的美夢，遲遲未能成真。

夢境像霧裡迷花，好似近在伸手可及之處，卻遠得無法碰觸，他追逐著那朵香花，渴望將花兒掬進掌心，那遙遠、遙遠的花……

綺繡。

馬車緩緩停駛下來，嚴家當鋪的大幌子映入眼簾，赫連瑤華不待馬伕為他開門，逕自下車，步履焦急可見一斑。

他來當鋪如入自家庭園，嚴家雖沒有誰特別出面招呼他，卻也不會有人阻攔他，他對嚴家宅子瞭若指掌，毋需任何人來帶路，他穿過當鋪正廳，步過跨湖長橋，直抵嚴家主邸。

「唷，我以為你昨天夜裡就會衝過來了呢。」嚴府當家嚴盡歡姿態慵懶，窩在大廳長榻間，坐沒坐姿，捧著一碗粥喝，見赫連瑤華來，一對濃淡適宜的蛾眉趣味地挑揚。不能怪她嘴壞，而是妘意生頭一胎時，守在房門外的，除了始作俑者，弄大歐陽妘意肚子的古初歲外，另一個便是赫連瑤華，那副緊張兮兮的模樣，害產婆弄不懂誰才是孩子親爹，胡亂恭喜一通。這回妘意生第二胎，赫連瑤華拖到今早才來，真是出乎眾人意料。

正值嚴家當鋪的早膳時間，桌上一鍋鱘鰉魚粥已經吃掉泰半，鱘鰉魚這等稀罕魚種，正是拜赫連瑤華之賜才能入手，本來送十條給歐陽妘意進補用，不過全鋪裡人都分到一杯羹，歐陽紝意吃什麼，大家就能吃什麼，鱘鰉魚吃掉四條還剩六條，養在嚴家大池裡，繁衍更多更多小小鱘鰉魚。

感謝無限量提供高檔食材及一名免費食醫給嚴家當舖的凱子爺，赫連瑤華。

「我今早才趕回南城。」赫連瑤華淡淡一句，解釋了他的遲來。「是男是女？」他問的是第二胎孩子性別。

「男的。」嚴家越來越陽盛陰衰了。

赫連瑤華無意與嚴家任何人深談，腳步頓也不頓，前往古初歲與歐陽紝意的園舍，才進到小廳，便見古初歲抱著初生兒子，用他獨特的瘖啞破嗓，輕哄要嬰娃別哭鬧，讓辛苦產下他的娘親可以好好休憩。

見赫連瑤華到來，古初歲不意外，給予他一記苦笑，繼續與懷裡娃兒奮戰。

「都已經是一個孩子的爹，還會被嬰兒給搞得手忙腳亂？」赫連瑤華嘲弄道。

「每個孩子個性不一樣，他姊姊可沒有他這般愛哭。」古初歲將軟綿綿嬰娃交予伸出雙手的赫連瑤華，娃兒一點都不給爹親面子，在爹親懷裡嚶嚀不斷的小東西，一到赫連瑤華手中，立刻止住哭鬧，像塊快化掉的糖飴，偎在赫連瑤華胸口，吸吮自個兒白軟拇指，嘖嘖有聲。

這小子……

古初歲失笑，沒忘記請赫連瑤華坐，為他斟茶，凝眸盯向赫連瑤華一臉泛青的難看臉色——並非指赫連瑤華面不慈目不善，相反的，赫連瑤華低首，逗弄小娃兒的模樣，擁有微乎其微的淺淺溫柔，鑲嵌在向來冷漠俊美的五官間，柔化掉所有在官場中堆砌出來的勢利及官威，只是他皮膚透出的顏色很明顯是毒發症狀，比他上回見到他時嚴重許多。

「這次也有金絲蠱卵嗎？」赫連瑤華注視娃兒掄緊的小拳兒，問道。

不是每一位蠱族人都有機會在出世時一併帶來金絲蠱卵，所以金絲蠱卵被視為聖靈對孩子的珍貴庇護，是孩子的福分。

「有，還握在他手裡，我們沒有去取，等著你來。」古初歲趁赫連瑤華不注意時，在倒給他的溫茶裡探入食指，輕輕攪拌幾回，再不著痕跡收回，若無其事與他閒談：「這回的蠱卵，你仍是同之前一樣，要讓尊夫人吞食嗎？」

古初歲此一舉動，是為赫連瑤華解毒，否則按照赫連瑤華慢性自殺式的作法——與白綺繡共處於滿室毒香的房間、與白綺繡共浴於滿桶防腐藥湯之中——再健康的人都會身中劇毒，偏偏赫連瑤華不聽勸，任憑身體受毒香毒浴侵蝕，日復一日，倘若沒有古初歲偶爾為其解些毒，赫連瑤華早就去見閻王！

「之前那顆，根本無法孵化！」提到這個，赫連瑤華就火大！

距離古初歲與歐陽妅意第一個女兒出生已經是兩年前之事，代表兩年前他餵綺繡嚥下第一顆金絲蠱，金絲蠱孵化期約為七至十五日，綺繡卻仍是沒醒，他一直等待著，每天每天都以為綺繡會緩緩甦醒，對他露出最甜美的笑靨，輕喊他的名，給他一個擁抱……

一日一日一日。

一年一年一年。

等待黑暗之中，閃動的光芒，如星般的希望。

他一直在等著呀！

但他等到的，仍是失望！

「金絲蠱需要體溫及流動的血脈來孕化牠，尊夫人情況……」並不意外。這一句話，古初歲沒有說齊。

「第二顆金絲蠱卵，我自己吃。」赫連瑤華語調平穩，彷彿訴說無關緊要之事。

「你……」古初歲不驚訝他想這麼做，真的，他一點都不驚訝，這個男人的瘋狂，他親眼見識過。「你準備以自身為媒介，孵化出金絲蠱，再動刀取出牠，移至尊夫人體內？」

赫連瑤華沒應聲，默認了。

「你這麼做，就算尊夫人真能起死回生，失去你，你教她如何能感到重生之喜？」古初歲低嘆。

「我並沒有尋死打算，若我能孵化出金絲蠱，將其挖出之後，我有的是銀兩能找到醫者即時救我，我不可能放綺繡一人獨活於世。」他太清楚痛失所愛是何等疼痛，他怎可能讓綺繡品嚐？

「金絲蠱離開宿主便會死亡。」關於這點，古初歲確定自己告知過他不下百次。

「不然你告訴我，我還有其他方法可行嗎？」赫連瑤華冷冷反問。

「……」有，放棄。這是對赫連瑤華最好的方法，不過，赫連瑤華會聽才有鬼，所以古初歲選擇不說。

赫連瑤華輕輕撫弄懷裡軟娃的拳兒，軟娃握住他長指的同時，他以指腹探得緊握於娃兒掌心中央的金黃色韌圓物體。

金絲蠱卵。

他答應過古初歲夫婦，他們將兩個孩子所擁有的蠱卵送給他，爾後無論金絲蠱卵孵化與否，他都不能再覬覦夫妻倆體內的金絲蠱，更不許像數年前傷害古初歲那般，企圖把古初歲開膛剖腹地想要強奪金絲蠱，這是他們交易的條件，也就是說，現下握在娃兒掌間的金絲蠱卵，是他最後一絲希望——

小心翼翼扳開軟娃的短嫩五指，渾圓金珠似的蠱卵，澄澄閃耀，映襯在白白粉粉小掌之中，美如純金。

赫連瑤華取走它，拈在指間，只停頓片刻，小小金珠送進口中，混著茶水，吞嚥入腹，同時，他在心裡不斷默唸……

這一次，請不要再讓我失望，我受夠了一遍又一遍的期待，一遍又一遍的絕望……

請把綺繡帶回我身邊……

把她還給我……

我願意用我所擁有的一切，換回她……

「河綀淑叔！」粉紅色小東西啪噠啪噠踩著繡花鞋，撞進赫連瑤華懷裡，若不是赫連瑤華眼明手快，原先攢在雙臂裡的小嬰娃恐怕就給撞飛出去。

「恬兒！」古初歲急急護住險些撲倒的粉紅小東西，那是他剛滿兩歲的寶貝女兒，走路架式才甫像樣，已經性急地開始學跑。

小東西哪裡懂得害怕？她開心攀向赫連瑤華，像隻幼貓，不嫌熱地往他身上鑽，笑容可愛無比。

赫連瑤華雙眸笑彎，他無法對這隻小傢伙擺出臉色，她兩團泛有櫻色的粉頰飽滿柔軟，嘟嘟紅唇得天獨厚地擁有漂亮光澤，眼睛黑白分明，蘊涵盈盈水亮，長齊的乳牙，白似無瑕冰玉，襯在櫻桃小嘴間，讓她的笑顏更加逗人喜愛……重點是，這隻小傢伙曾經帶給他一個滿懷的希望，她出世時握在拳心裡的金絲蠱卵，餵入了綺繡口中，那時，他每天都以為明晨睜眼醒來，會看見綺繡伏低著螓首，任憑一肩烏溜長髮傾洩而下，偎在他身畔，頑皮以手指戳弄他的臉頰，笑嗔數落他貪睡賴床……

雖然每一個希望都破滅，依舊無損他對小東西的感激。

「河練淑叔？」小東西操著一口奶臭味十足的含糊童嗓，扯動赫連瑤華鑲滾金絲邊的衣袖，娃兒自然瞧不懂大人眸間一闇的愁緒所為何來。

「小丫頭越來越有女孩的模樣，抱出門不會再被問是男是女。」他騰出沒抱嬰兒的另隻手，撈起小東西，讓她坐在他腿上，口吻雖然沒有顯露熱絡，卻比方才和古初歲交談時的淡然多添幾分笑意。

「她全身行頭全都拜你所贈，小自髮髻上的花夾，大至一身粉櫻色的繡花裳，她被你打扮得漂漂亮亮，現在還挑衣裳穿呢。」古初歲自覺他這個爹做得不及赫連瑤華稱職，小小反省一下。

赫連瑤華寵愛恬兒，為報恩，也為補償自己無緣為爹的遺憾，若他有個女兒，他會為她摘下星辰給她簪髮。

「河練淑叔，玩。」小東西分享手裡藤編小紅球，那也是赫連瑤華派人送來的童玩之一，球間繫有顆顆銀鈴，一拍動，清脆齊響。

「不能，我還有事，小丫頭要乖，知道不？」赫連瑤華要再趕回去，陪白綺繡浸泡藥浴。

小丫頭噘嘴，神情多像歐陽紅意。

他笑擰小丫頭嫩頰，這小丫頭抽高不少，該可以再差人替她做幾件大一些的保暖冬衣……

突地，雜沓步履聲，破壞屋裡祥和，有人匆匆闖入，連門都來不及敲，幾乎是用身子強撞進來。

本以為是嚴家當鋪裡哪隻毛躁傢伙，孰料來者卻是赫連府邸的老管家木伯，他一臉震驚，如遭巨大打擊，扯著嗓，忘了恭敬、忘了禮數，揚聲嚷叫——

「少、少爺——快、快回府去——少少少少少夫人她醒過來了！」

第二章

「綺繡！」

赫連瑤華飛奔而歸，上氣不接下氣之際，仍嘶叫著縈迴心底的名。

醒來了！

木伯捎來消息，說綺繡醒過來了！

乍聞時，他完全呆住，以為是自己又在白日裡發夢，做著不切實際的妄想，直到木伯急忙拉他，他才驚醒，不是夢，木伯枯老發皺的手，使勁握牢他的手腕，傳來了激動收緊的疼痛。

是真的！老天爺聽到他的祈求，將綺繡還給了他！

匆匆回到赫連府，對府裡每人一臉難以置信或驚恐害怕完全視若無睹，赫連瑤華直抵他為綺繡特別建造的梅園，梅瓣飄飄紛墜，美若飛雪，他無心賞景，大步跨進房，房裡雕花洞門繫綁的淺綠垂紗被風兒微微撩撥，款款生姿如浪，床幔間，隱約可見一道纖纖身影坐臥架子床中央，熟悉的翦影，舉手投足的嫻美姿態，教赫連瑤華雙眼一濕。

他屏息靠近，床幔後朦朧似霧的人影輕動，原先低垂的螓首緩慢轉動，朝向他佇足的方向望來，他撩開阻礙在兩人之間，一層一層薄如蟬翼的純白柔幔。

他怕動作太慢，她會如曇花一現，清醒只是片刻，在他見到她之前，她又會恢復原樣，失去生氣與活力地軟倒在床鋪；他更怕動作太快，撥開床幔之後發覺她隨之煙消雲散……

「綺繡……」

她還在，沒有倒下，沒有消失，削瘦許多的蒼白臉頰仍能看出往昔清妍美麗，如綢青絲由兩鬢邊流洩而下，滑過肩頸，覆住她泰半身軀，使她看起來更加弱不禁風，胸前白銀長命鎖，輝映她眸間的溫潤，她雙眼眨也不眨，與他互視。

「……我……不是已經……死掉了嗎？」太久不曾開口說話的嗓音，帶著艱辛的瘖啞，白皙容顏上佈滿困惑，對於自己身在此處感到茫然。

「綺繡！」赫連瑤華收臂抱緊她，牢牢地，將她箝滿懷，捨不得放，他微微顫抖著，必須深深吸氣來克制翻騰躁動的狂喜情緒，她髮間幽香繚繞在鼻前，他珍惜啄吻每綹青絲，自髮鬢吻至臉頰，一寸一寸，眷戀盤旋，輕移到她小巧挺直的鼻梁，綿密如雨的吻，貪婪地不肯止歇。

太久了，他有太久沒能摟著她、吻著她、感受著她暖熱氣息噴吐在他身上……

他糾纏廝磨著她微冷唇瓣，濕濡她、溫暖她、探索她，十指梳弄她柔軟綢髮，唇舌吻得更深，此時此刻，他聽不見任何聲音，他太高興了……不，高興兩字不足以形容他的感受，他不敢太使勁，怕她壞了、碎了，卻又不願意讓她離開他的懷抱半寸。

他的吻，混合輕喃她閨名的滿足喟嘆。

「……我明明……死了……為什麼……」白綺繡細若蚊蚋的迷惑，從他口中含糊傳出，她好不容易才抬起輕輕顫動的柔荑，握住他的衣襟，試了幾回，終於收緊十指，攀牢。

「我不確定是哪一種原因讓妳活過來，我用過太多太多太多的方法，究竟是哪一項救活妳我一點也不在意，我只在意妳醒來了。綺繡，妳總算回到我身邊，綺繡……」赫連瑤華嗓音按捺不住大喜若狂的激動。

是兩年前的金絲蠱？

是那瓶要價十兩黃金的續命丹？

是夜夜餵置在她舌下的解毒丸？

是他拜遍仙佛，立下誓約，拿自己所擁有的財富官位甚至壽命，來換取她復生的祈願得到了允許？

無論是哪一項，他都深深感謝——

「……為什麼……」白綺繡渾身發顫，淚水紛紛，卻不為歡喜，她撇開螓首，咬著被他吻紅的唇瓣，雙手揪絞腿側那塊絲綢月牙裙，「為什麼要讓我活過來……為什麼……為什麼……」

「綺繡？」赫連瑤華再蠢再笨也不會視她的反應為喜極而泣，她爬滿淚水的芙顏上，沒有半絲感動，有的只是驚恐及難以接受。

「你為什麼要讓我活過來?!」她抬起水濕眸子，不諒解地望向他，嗔怒啞吼：「我根本就不想要活！我想死呀——為什麼連死都不容我如願?!」

赫連瑤華倏然一震。

不是綺繡。

她不是他的綺繡。

他的綺繡不會說出這番話，他的綺繡答應要跟他白頭到老，他的綺繡捨不得拋下他一個人獨飲寂寞，他的綺繡——

「妳是誰?!」他臉上的溫柔瞬間消失無跡，變得冰冷無情，一瞬間，某隻孤魂野鬼霸佔了白綺繡肉身的憤怒念頭閃入他的腦海。

他不允許這種事發生！

然而，再定下神凝思，她哭喊的那短短幾句話，卻又透露出些許端倪。

她識得他，若她是另一個女人，他擁抱她親吻她時，她應該會手足無措、會驚慌抗拒，甚至會想賞他一巴掌——但，她沒有。

她並不是另一隻侵佔綺繡身體的孤魂野鬼，因為，她接下來說了——

「我沒有選擇生死的權利嗎?!我放棄生命也不能嗎?!為何讓我再回來?!為何逼我再回來……」她掄握得死緊的拳，搥打雲錦絲衾，發出軟弱悶聲，淚水一滴一滴在衾面暈開，染成墨花一般。

「綺繡！」赫連瑤華篤定了她的身分，她說了「**回來**」，回到她熟悉之地，這間房，充滿他與她的回憶。

他握住她纖細雙臂，要她冷靜下來，她不喜反驚的反應只是一時之間無法接受死而復生的奇蹟，他放軟聲調，哄著：「妳在胡說什麼?妳看著我……綺繡，我是瑤華，我是瑤華呀，妳認得我嗎?綺繡……」

她被迫抬眸覷他，烏黑長睫上猶掛著晶瑩淚光，他面目柔情縋綣，萬縷憐愛，十指力道緩緩放鬆，怕抓疼了她，這般的凝視，她早已熟稔到不行，他總是如此望著她，好似她無比珍貴，世上再沒有其他人事物足以比擬，換成任何一位女人，得夫如斯，夫復何求?

是她不懂知足惜福嗎?她被他所深愛，她沒有驕傲、沒有歡喜，她寧願他不愛她，寧願他視她如同一般人，對她無情、待她冷漠，她也就不會日夜倍受煎熬，痛苦翻騰……

「我認得你，你是赫連瑤華……」她低喃：「我的夫君……」

赫連瑤華鬆口氣地輕吁，沒錯，她是白綺繡，他多心了。

他輕輕磨搓她蒼白頰畔，她摸起來像雪，冰冰涼涼，他以掌心掬捧她臉龐，試圖將自身體溫過渡予她，兩額相抵，氣息交融，他感受到她淺淺吐納的暖熱，險些要為此而濕潤了眼眶。

她失去生命這段日子，他不是沒有做過類似舉動，可她不曾回應過他，無論兩人靠得多近，都不會有芬芳溫息溫暖他，即使他親吻她，也吻不到屬於生命的熱度，此刻，她正在呼吸，小小的、規律的，吐息。

「妳不開心看到我嗎？妳不想念我嗎？能重回我身邊，妳沒有與我一樣欣喜若狂的激動？……為何說出那番話？為何說妳不想活？讓我以為是誰佔據了妳的身體，我真怕醒過來的人不是妳，綺繡，我真怕得到無窮希望之後的失望……」赫連瑤華像個孩子，枕偎在她肩頸，尋求安心依靠。

「……」她唇瓣蠕動，欲言又止。

「妳不會知道我現在有多高興，我等了妳五年，整整五年，五年裡，對我簡直是度日如年，他們都說我瘋了，連我也曾懷疑自己是不是被思念逼瘋……」他執起她的柔荑，不曾忘記自己允諾過，此生絕不輕放這雙手，他要牽著她，從年少到年老，從青絲到白髮。

她從他掌心抽出自己的手，向來柔弱文靜的面容，沒有嫻雅的笑意，沒有感動的深情，沒有一個妻子對丈夫的傾戀，她俯覷著枕在她肩胛的他，眸光竟有幾分怨懟。

怨懟？

他的綺繡……怎會這般望著他？

「我確實不知道你現在有多高興……你總是如此，一意孤行做著自己想做的事，不在意是否傷害別人，你從不問別人是否願意……我怎麼會開心？怎麼會欣喜若狂？當我以為自己終於得以解脫，如願逃離你遠遠，又被迫再度回到這裡的時候？」白綺繡淌著淚，道出的話語卻字字如冰似霜。

赫連瑤華怔然，他緩慢抬頭，腦袋一片空白，他在白綺繡眼中看到她說那番話語的篤定。

「解脫？」他艱澀重複這兩字。

她將她的死亡視為……解脫？

她將她的離世視為遠遠逃離他的……解脫？

他不明白，他與綺繡是教人稱羨的神仙眷侶，他們兩人自成親那日起，不曾爭執拌嘴過，他也沒有招惹鶯鶯燕燕花花草草來教她傷心垂淚，他們夫妻倆相敬如賓，她是他唯一深愛的女人，她是他心上最柔軟的一部分，兩人鶼鰈情深的種種情景依舊歷歷在目，何以她死而復生，竟道出教他震撼無比的狠絕字句？

她恨他嗎？

在他不知情的情況下，恨著他嗎？

「你就讓我歸於黃土，不是很好嗎？我可以帶走所有所有的恩怨，而你，仍能無知地緬懷我們那段虛偽的甜蜜婚姻，回憶『白綺繡』對你的情意……這樣不是很好嗎？」白綺繡近乎自言自語低喃，嗓音縹遠渺茫。

「我聽不懂妳在說什麼！我與妳哪來恩怨?!我們的姻緣又豈會虛偽?!」赫連瑤華如坐針氈地倏然起身。

「我真羨慕你，什麼事都不知道……也正因為如此，你才會用盡辦法想救回我。若我告訴你，前塵往事，全是假的，我從來沒有愛過你，我一直深深恨著你，我不是你所以為的『白綺繡』，我不曾被你的情意所感動，我冷眼看著你為我做的一切，我假裝自己耽溺於你的寵愛之中，讓你放鬆戒心，只有一個目的，就是要尋找時機殺你，這樣，你還會為我的甦醒而感到喜悅嗎?!」她身子搖晃一下，過長的句子，耗去泰半力量。她說得既慢又輕，一字一字，清晰可聞。

言語的銳利，不在於用盡多少力道嘶吼咆哮，而是語意之中，道出了多少毀滅一個人的希望、自尊，以及向來認定的事實。

她用他愛極的嫩嗓，殘忍地告訴他，她對他的愛，假的。

那些噓寒問暖、那些關懷備至、那些輕聲細語，都是假的。

「……妳根本不知道自己在說些什麼，妳病得太久，弄混了現實與虛無。妳怎可能帶著恨意留在我身邊？綺繡，妳只是暫時忘掉我們相愛，忘掉妳有多愛我。」赫連瑤華穩住唇畔僵硬的笑弧，耐住性子安撫她，更在說服自己，五年不是一個眨眼即至的短短時日，她歷經五年空白沉眠，難免意識混沌，興許她在那千餘個日子裡，作了漫長的夢境，在夢裡，他與她發生過嫌隙，導致她醒來之後，以為她依然身處夢中，連帶將夢裡夢外的他混為一談。「妳會慢慢想起來，想起來我們倆夫妻的感情，我會一直陪著妳。妳餓了吧？我讓人替妳煮食些清淡粥水，先墊墊胃，還得請大夫來為妳診脈，萬一留下病根就不好了。」

白綺繡靜默凝望「她的夫君」，他為她挪好軟枕，要扶她先躺下休息，她並沒有掙扎抵抗，任由他輕托著肩，躺平榻上，為她攏梳如瀑長髮。

她確實仍倦著，這具甫甦的身體，沒有足夠體力支持她繼續消耗，每抬動一次四肢，都有股它不屬於她的感覺。

她方才幾乎要被他所說服，以為自己對他的恨是不存在，只是自己胡思亂想而編織出來的惡夢，彼此深愛才是真實，但，她清楚，她醒來了，從教她痛苦掙扎的處境中，醒過來了……

赫連瑤華待她的嬌寵憐惜，是她最難忍的折磨。

為何讓她回來?

為何還要讓她回來……

「白書亭這個名字,你記得嗎?」她閉上雙眸之前,以嘆息的方式,低聲問。長睫陰影,深深遮蔽住她眼中光采。

「我沒聽過這個人。」

「你聽過,只是他的存在對你而言微不足道,所以,你沒有費神去記。有多少的人,被你毀得家破人亡,你卻連他們的姓名都記不住。」她不再看他,疲累睡去。

赫連瑤華半晌不敢發出動靜驚擾她,直到她平穩呼吸傳來,他慢慢貼近,感受著她的吐納。

她的言詞、她的反常、她眼底的陰霾,在他腦海中揮之不去,他不曾見過如此模樣的她,他可以編織許多理由來告訴自己,再給她幾天時間,也許,她便會恢復成他所熟悉的「綺繡」。

然而,她提及一個人名,白書亭。

隱隱約約,模糊的印象逐漸清晰起來。

這名字,他並非全然陌生,許多年之前,好似在哪裡聽過誰提及……

赫連瑤華遇過許許多多這類無名小卒。

他們有些自詡清廉潔士，不屑與貪官污吏為伍，他們處處高高在上，唯我獨清，不食人間煙火地挾帶天下太平的美麗遠景，幻想世間沒有罪惡、沒有醜陋，行為古板、思想迂腐，像顆又臭又硬的糞石，阻擋在前方，淨做些壞人好事之舉，下場自然是被一腳踢開，除之後快。

他們有些曾與他處於相同陣線，聯手抗衡主要敵人，待共同敵人消失，雙方為各自利益反目成仇，原先的友好，虛偽得不堪一擊，狡兔死，走狗烹，人的自私自利，在此表露無遺。

他們不見得與赫連瑤華有深仇大恨，不見得惹他不悅，就只是他們礙著了他要通行的道路……

白書亭便是其中一個，小到不能再小的綠豆芝麻官，專管誰家狗兒偷咬了誰家的雞，樹上果子落地該歸東家大嬸還是西家大叔等等這種閒雜小事的小官吏。

赫連瑤華記起了白書亭敦厚老實的模樣，老好人一隻，寒窗苦讀三十載，千辛萬苦才考取功名，為官時年紀已屆花甲，足足大上赫連瑤華兩輪有餘，卻得鞠躬哈腰恭稱赫連瑤華一聲大人。

白書亭在鄉里間頗受愛戴，為人公正廉明，只可惜用武之地寥寥可數，沒辦過哪些大案子，與百姓倒是親若家人兄弟，時常府衙無事還會捲起褲管，幫老人家下田秧苗或收割，好幾回要找他辦案，得往農田裡去尋。

白書亭對赫連瑤華是全然無害的存在，他太老實、太忠厚，不懂貪、不懂利，甘心窩在破舊官衙裡當個地方小官，這樣的男人，赫連瑤華連出手對付他都嫌費事。怪只怪白書亭不懂變通，善與惡在他單純的眼中沒有模糊地帶，他堅信書冊上那句「天子犯法與庶民同罪」的虛偽謊言，天真得近乎愚蠢。

天子犯法，永遠不可能與庶民同罪，這是階級身分上的差異，是人一出世時便先劃分下的鴻溝。別說是「天子」，即使僅是個「官吏之子」犯下了罪，也有數百種方法掩蓋其惡，只有無權無勢的老百姓才會成為嚴法之下的伏罪者。

白書亭沒弄懂官場文化，死守書上教條，以為先人流傳下來的道理堅不可破，他相信有理走遍天下，就算面對著犯下殺人案的某高官寶貝愛子，他也絕不屈服

他忘了另一句更重要的話。

官官相護。

既然是高官的寶貝愛子，高官豈可能眼睜睜看兒子被判刑處死？自然動用所有力量與關係，也要保兒子全身而退。高官找上赫連瑤華及其他官場友人，要眾人幫

忙想辦法。就利益論，高官對赫連瑤華的用處大過於白書亭千倍不止，這是一個多龐大的利益勾結，單憑白書亭小小一隻螳螂，又如何能抵抗載滿達官富人的豪美華車？

想當然耳，眾官連選都不用選，全數往高官那方站，即便心裡清楚，高官愛兒惡名在外，此回正是覬覦別人家新娶的小媳婦兒，心生歹念，端出他爹的名號想欺負良家婦女，孰料惡霸行徑耍過了頭，弄出人命，將小媳婦兒的夫婿活活打死——如此劣等作為，有良心的官，都該要為受害的百姓出口氣，好好教訓這隻仗勢欺人的人面畜牲，可惜，好官何其少，世上當然有，只是三四隻。

至少，赫連瑤華不在「好官」之列。

那時，他在眾官之中，戲謔說了一句時常掛嘴邊的冷漠話語：「擋路的石，一腳踢開便是，何必浪費時間去搬動它。」

他沒興致幫在場眾人思索半條「處置」白書亭的計謀，毫無挑戰性的敵人，他不屑出手，於是他口氣慵懶，意興闌珊，說完便隨便找了理由先行離開，後頭他們還商討了什麼，他並不清楚。

此刻，他才看見白書亭的下場，由手裡書冊內的那幾行短短敘述——

白書亭一家，在某次返家途中，慘遭匪徒洗劫，奪財只是掩飾，取命才是目的，白書亭身中五刀，當場死亡，其妻兒分別受到輕重傷，非死即殘……而高官愛子的堂審，因白書亭的驟逝換成了高官相熟之友，判決情況自然是一面倒，高官愛兒不僅無罪釋放，更反控受害人誣蔑。

赫連瑤華重重闔上塵封數年的老舊官名冊，潮般席捲的回憶猶如走馬看花在眼前匆匆閃過，同時，一股強烈的不安，急速擴大。

千萬別是他現在心裡想的那般……

白書亭，白綺繡……

相同的姓氏，她眼底對他的怨憤，還有，她雪白無瑕的背上，數道凌亂的傷痕盤踞，他好奇詢問過她，她只是反問「**醜嗎？**」，醜倒不至於，但思及她受到如此嚴重傷勢之際，極可能失去性命，他仍是蹙擰了一雙劍眉，每每歡愛時，忍不住一遍又一遍親吻那些傷疤。

綺繡難道就是……

「少爺！不好了不好了！少夫人她割腕自盡——」被安排在白綺繡身旁伺候的小婢玲兒花容失色地急急來報，赫連瑤華心驚而起，狂奔回房。

房裡寧靜如昔，毫無一絲凌亂，冬日暖陽依舊，透窗而入，光輝仍灑滿偌大花廳，室內色調柔軟怡人，白的縵，綠的紗，全是綺繡最喜愛的淡雅顏色，突兀的血紅，濺了一地，噴染在他費上好一番功夫才自外域運輸回南城的手工織毯，毯上是巨幅的雪白山景，雲霧縹緲，美若仙境，此時雨一般的血珠子，零星遍佈，一點一點一點，更觸目驚心的是，一床被褥像極了落日晚霞暈染開的血色牡丹，開得囂狂、開得恣意。

白綺繡身處一片鮮豔妖紅之中，素潔衣裳上亦是狼籍駭人的血跡，她神情蒼白茫然，宛若迷途孩子，右手握住鮮血淋漓的繡剪子，軟軟擱於腿邊。

「綺繡！」赫連瑤華箭步上前，邊對身後提裙緊隨的玲兒急吼：「快去請大夫！快──」

他擒起她的手腕，趕忙要替她止血，她的左袖沉沉濕濡，紅灩灩血珠子沿著袖緣滴下，足見有多少鮮血流失──

心急如焚翻過被血染得黏稠的纖腕，他以為會看到皮開肉綻的巨大血口，然而，此時映入眼簾，是幾道泛著淡淡紅澤的痕，猶如指腹沾了胭脂，輕輕在雪白膚上一抹而過。

這種痕跡，他見過，還不只一回，當初將古初歲開膛破肚，取出他體內金絲蠱時，那種根本不可能存活的傷口，一瞬之間，被神奇的金色小蟲吐出絲線給縫合起來，血肉間穿梭來回的半透明銀絲，消失無蹤的致命傷勢……

「我怎麼了……」白綺繡喃喃自問，定定看著自己的腕脈，方才她明明就……剪子劃破膚肉的疼痛，劇烈得教她哆嗦，那不是作夢，她是真的打算尋死，可是……「傷口為什麼自己密合？那是什麼……那是什麼?!」

是金絲蠱。

兩年前餵進她口中的蠱卵，孵化了，這便是她能復活的原因，赫連瑤華確定了這一點。

白綺繡見他沒有任何驚訝的反應，立即做出聯想：「是你！是你把我變成這樣?!你對我做了什麼?!」

他不答，她扯緊他的衣襟，忍住失血過多的搖搖欲墜，再質問：「你把我變成怎樣的妖物?!我死不了！我死不了了！你……」她眼前一黑，險些癱軟地倒進他懷裡，她強撐著雙臂，不允許自己在他面前示弱。

「妳怎麼可以如此輕賤自己性命?!」赫連瑤華搶走她手裡繡剪，視它如毒蛇猛獸，丟得遠遠，總是待她和顏悅色的他，看到她傷害自己，用天底下最蠢最笨最懦弱最自私的方法，想要結束生命，他動怒了，真的感到非常生氣，他無法放軟嗓音哄著她，五年前失去她的恐懼，他至今沒有忘掉過，剛才踏進房內時，那股絕望和焦急又重新回來了，那股恨極了自己沒能保護她的怨懟又重新回來——

「我本來就是個死人！我已經死了，我不該在這裡！我要回去我該去的地方！」白綺繡掙不開他的箝制，只剩言語能與他對抗。

「這裡就是妳該回來的地方！」

兩人身後傳來玲兒拉著大夫狂奔回來的腳步聲，赫連瑤華頭也不回，冷喝道：

「誰都不許進來！」

「呀?!可是少夫人的傷……」

「出去！」

赫連瑤華震天價響咆哮，玲兒嚇得不敢再多嘴半句，連忙再拉住大夫退出去。

房內兩人沉默對峙，她眼光不肯瞟向他，他卻是不願將眼神從她倔強緊繃的小臉上挪開。他低下頭，要親吻她泛白的唇，她立刻撇頭避開，兀自咬著嘴，以為這樣就能不讓他得逞，他沒有放棄，追逐上來，她無處閃躲，被他溫暖的雙唇吻住，她不鬆放牙關，更是咬緊下唇，他以舌尖輕輕滑過她的嘴角，搔癢似地撩動她，她好氣，氣他在這種時候竟然只想著要親吻她，他們正在爭吵呀！況且她還深深恨著他——

她終於反擊，張口咬了他的舌，用她認為已經是很大的力道，咬破他的嘴，血腥味蔓延兩人口鼻間，他稍稍離開她的唇，但也僅有半寸，足以讓他低沉開口說話：「我不許妳再做出這樣的事，不許妳傷害自己，不許妳死。綺繡，允諾我，向我保證，妳不會再自殘，妳會好好照顧自己，讓自己越來越健康，氣色越來越好。」

「我不！」她不給他任何安心的擔保。

「妳必須要。綺繡，妳答應要陪我一輩子。」

確確實實從她口中，說出過這樣的誓言。

白頭偕老……

一生一世……

「那是謊言！全是騙你的！」她狠下心說，將自己隱藏在深處的黑暗面全盤托出，要他對她死心！要他看清楚她的用意！要他乾脆就這麼放棄她，讓她死去：「我告訴過你，我接近你是有目的的，我不愛你，我恨你！你被我騙了！我不溫柔不嫻雅不恬靜，我不是你想要的那種妻子，你把我留在你身邊，危險的人是你！我隨時都會殺你，用下毒的方式！用夜裡偷襲的方式——」

「但妳沒這麼做過。」赫連瑤華接續她未完的低吼，淡淡幾字，粉碎她義憤填膺的咬牙切齒：「妳比任何人都要擁有更多機會，妳很清楚，我從來不防妳，妳要下手，我絕對逃不過。」

「那是——」她驀然辭窮。

對，她有太多太多次的動手時機。

每一夜，他與她同床共枕，他睡得毫無防備，擁抱著她入眠，她可以下手。

每一杯她端給他的茶水，是府裡唯一毋需被護衛以銀針探毒便能送抵他手上的食物，只要加入幾滴毒液，足以讓赫連瑤華死去成千上萬次。

她為什麼錯放一遍又一遍的絕妙好機會？僅只有那麼一回……

她問過自己。

也勉強給了自己一個心安的答案。

她不敢殺生，別說是一條活生生人命，她連一隻螞蟻亦不忍擰死，所以她沒有傷害赫連瑤華，無關情愛，只是出自於人性中的一絲柔軟。

那麼，妳最後又為何寧願失去性命，也沒有實質傷害他？有道聲音在問。

她答不出來。

她帶著滿身怨恨而來，一步一步接近他，先是獲得他的愛情，進而成為他的妻，在她的算計之中，她成功了，她來到他的身邊，比任何人都更要靠近他，受他傾心疼愛，接著她就應該要實行她的報復計畫，讓毒瘤般的惡官自嚐惡果……

她卻沒有。

她選擇了另一個逃避的方式，結束自己生命，結束自己在痛苦抉擇的秤中，擺盪不安的折磨，做了怯懦的逃兵。

她不想要再過著掙扎於「殺他」與「不殺他」的天人交戰之中，她不想被他擁抱之時，分心思索該不該握住匕首，朝他溫暖跳動的胸口鑿刺下去——她受不了，她真的已經受不了了……

她不想要回來這裡，她不想要回到他的身邊。

她不想……傷害他。

承認吧，這才是隱藏在她心底深處，真正的答案。

「瑤華……」白綺繡斂去方才強端起來的倔顏，流露出哀求神情，不再與他硬碰硬，嗓，可憐兮兮：「你向來最疼我，無論我提出哪樣央求，你不曾不允准過，我求你，讓我死，算我求你了……」

「這種請求，我不可能答應妳。」他斷然拒絕，心裡覺得荒謬，他最憐愛的妻，不求他給予華服美裳，不求他贈送金銀珠寶，不求他一日比一日更愛她，竟然是求他讓她死?!

「你會後悔的……」後悔將一個仇視他的女人留在身邊。

「我赫連瑤華從不後悔自己做過的事。」

聞言，她又怒又悲。

他不後悔自己做過的事……他竟然敢這麼說?!在他完全摧毀掉她的人生之後

——倘若他有一絲絲悔意，為自己曾犯下的錯誤懊悔，那麼，她尚能說服自己對他的心軟是可以得到原諒，但他沒有，他說，他從不後悔。

她恨他！恨他！恨他！恨極了他！

白綺繡淚水滑下，心底不斷反覆喃著恨意。

對，要恨他，該恨他。赫連瑤華這個人，從她第一次聽見他姓名時，她就知道他並非善類，他是個惡人，他做了太多不可原諒之事，而他毫無悔意，他真教人痛恨……

老天爺，祢讓我再度回來，難道正是要告訴我，我不能逃，我必須要做完自己該做的事？

是嗎？

是吧。

我當初來到他身邊的目的，未能實現的話，我也不能死，是嗎……

「不論妳為了何原因而來，我都要妳留在我身邊。別再說什麼尋不尋死，綺繡，我絕不會答應妳。」

赫連瑤華擁她入懷，唇瓣輕抵她柔軟髮梢，說話時的吁息，暖暖地如潮襲來。

她與他不同，她的人生中，有好多後悔的事，而她最後悔的一件，是與他相遇。

兩人命運重疊之日，她後悔得希冀……它不曾到來過。

第三章

他第一次看見她時，她正與一袋沉重白米做對抗。

她並不是一個豔麗型的美人兒，充其量稱得上清妍，五官端正秀麗，有股靈慧的雅緻。黑亮如綢的長髮束紮腦後，露出白皙無瑕的後頸及一對漂亮耳殼，身上布衣因她正辛勤勞動，而沾上些許淡褐塵土及晶瑩汗水，她拖著比纖瘦身軀還要巨大的米袋，使盡力氣要將它挪上板車，雙頰因而漲滿紅暈，襯托雪白乾淨的臉龐顯得粉嫩許多。

赫連瑤華一開始僅是做膩了手邊工作，才會放下毫筆，起身活動活動筋骨，順勢放遠目光，三樓高的書齋，視野極佳，推開窗，環視府邸廣闊園林，正值楓紅時節，東側一片紅灩灩。

火紅景致裡，一身灰白樸素的她，變得異常顯眼。

她正要往糧倉去，瞧她打扮，應該是府中婢女，做著她分內工作，教他沒將目光移開的另一個主因，他在她背上看見了楓紅。

不，他本以為是楓葉飄落她背部，黏在棉衣上，但那並不是紅色楓葉。是血，一點一點，綻放開來。

她受傷了，傷口似乎因為她動作過大而扯裂開來，汩滲的血絲，透過厚實棉布，印濡而出。

是在府裡受人欺負？

他知道奴僕之間存在階級年資之分，如同官場一般，越是老練或受寵的下人，越愛擺出架子及恃寵而驕的嘴臉，更時常以「教導」為名，行凌虐之實，杖打一些不懂得討好老前輩的駑鈍後生。

他向來不過問僕役間的小事，只要別鬧出人命，惹上不必要麻煩，鞭打一兩個小婢女小長工也不算什麼。

不過，她好似疼得緊，微微在發抖，背脊布料上的血繪已經不是紅楓，血跡肆無忌憚蔓延開來，匯聚成一朵朵小小薔薇花，再這樣下去，很快便會綻成偌大牡丹了。

「德松。」他將守在書齋外的護衛喚入。

「少爺。」德松恭敬應聲。

「去幫楓林小徑上搬米的婢女一把。」赫連瑤華下達了一道連自己都頗為吃驚的命令。

善心大發這四字，不曾出現在他人生中，他沒有對誰伸出過援手，至少，衡量出利益關係之前，他不會做出無利於自身的「善行」。

德松跟隨主子數年，深諳少問多做的道理，心中雖暗暗驚訝，表情仍維持一派無波，領命前去。

赫連瑤華依舊眺望同一方向，那清靈人兒所在之處。

不一會兒，身手俐落的德松人已站定她身旁，接手扛起米袋，輕鬆置於板車上，並且要幫她將板車推往糧倉。

她粉嫩色小嘴說了些什麼，德松少少回覆幾字，接著指向書齋，赫連瑤華佇足的窗扇。

她抬起頭，眸光挪了過來，遙遙地，與他相望。

他錯了。

他怎會說她不美？

她乾淨得像尊玉雕的娃娃，無瑕澄透，不俗豔的容顏嵌著炯炯熠亮的墨石雙眼，她的美，不傾城傾國、不貌如天仙，當然，更不是美得禍國殃民，她，柔柔的、淡淡的，有種氤氳的縹緲，更有股純潔的單純。

膚淺一點的形容叫……彷若白蓮。

不染塵埃的美。

他想，德松告訴了她，是少爺命他來幫助她，他以為自己會得到一記感激涕零的鞠躬致謝，或是一抹絕美笑靨的勾引。

沒有。

她雖然看向他，那對漂亮清澈的眼眸卻閃過一絲淡蹙，即便只是短短一瞬間，擅長識人的他，麻利地捕捉到它。

他玩味地撫顎低笑，她預料之外的反應，相當稀罕，更何況，他還算是她的主子，下人對主子，該有的誠惶誠恐，在她身上竟然找不到。

她停頓半晌，才朝他福身行禮——一看就知道她是猛然想起來，補上的恭敬——再匆匆追趕德松的腳步而去。

直至她早已走遠，赫連瑤華都沒有移開眼光。

首次的交集，短暫得不值一提，兩人當時距離遙遠，更連話都沒說上半句，他以為，不會再有機會看見她，畢竟，府裡婢女，他也不是每一張臉孔都見過，雖然被她輕輕地挑撥了一下興致，卻還不至於產生多大波瀾……

第二次見她，是在他的夢裡。

僅僅一面之緣的小小婢女，膽敢入他夢中，笑得嫣然巧兮、笑得十足可愛，與他親暱相挽，她身上柔軟綢紗，不及一頭青絲來得細膩，它們頑皮滑過他頸膚的觸感，帶來戰慄哆嗦的興奮，他扣著她的螓首索吻，她溫馴承歡，眼兒迷濛魅人……

直至雞鳴破曉，打散這場正要開始的旖旎春夢，他醒來，竟感到惱火，可笑地想叫人剁了雞來熬湯洩憤。

興許是第一場夢裡留有未完的遺憾，更興許是日有所思，夜有所夢，連接幾日，她都進佔他的夢，每回姿態皆不相同，當然，也不是每回夢境都帶有肌膚纏綿，夢是很難有條理性，有時兩人站在楓樹底下，一轉眼，又連袂漫步茵茵芳草間。

美好的夢，總是令他帶著笑容清醒，亦讓他帶著不滿足清醒。

夢境太短，太不真實。

「把全府裡的婢女喚到大廳集合，一個都不許遺漏。」赫連瑤華不愛浪費時間去思索夢境對他的影響，他只知道，他討厭這種受人牽制的感覺，討厭沒夢見她時的失落，更討厭夢見她之後，醒來回到一切都是南柯一夢的沮喪。

於是，他出手，要拿回主控權。

下達命令沒多久，大廳聚滿百來位婢女丫鬟。

他輕易在人群中找到她，她像朵藏於草叢間的小白花，一樣的乾淨，一樣的純潔，當他緩慢步行到她面前，她還自以為不著痕跡地往其他女孩身後縮了半步。

「妳留下，其他人出去。」赫連瑤華擺手，支退閒雜人等。

她混在人群中，想佯裝他句子裡的「妳」與她無關，默默要退場，芙顏壓得低低的，視線只落向自個兒棉鞋上。

他一把擒住她，藏在棉襦底下的手臂，細得不盈一握。

他的舉動教她無法再裝傻，更不能跟隨眾人腳步離開大廳，她神情僵硬不安，不懂他為何要獨留她於此……

難道被發覺了她進入府中……

「妳的名字？」明明連她姓啥名啥都不知道，他卻覺得與她早已熟識，是的，那些夢裡，他擁抱她，他撫摸她，他親吻她，能做與不能做的，幾乎做透透。

但，那畢竟是夢罷了，不夠真實，此時此刻，她被他握在掌心裡，原來這麼纖瘦。

她微呆，因為他俯低了身姿，靠近她，嗓音輕柔地問。

她想後退，手臂仍受他輕箝，逃不開，躲不過。

「……綺繡，白綺繡。」她只能乖乖回答。

「寫給我看。」光用聽的，無法立即辨別她名字的正確書寫。不過，她的聲音比夢裡聽起來更細、更悅耳……也更撩人。

廳裡沒有文房四寶，他亦沒有喚人去取的打算，她只能以手為筆，凌空慢慢寫出那三個字。

「必須賣女入府為婢的窮苦人家，取不出這般不尋常的雅名，誰為妳取的？」

赫連瑤華挑高她的下顎，毫不避諱地盡情巡視她臉上每一分每一寸的粉雕細琢。

府裡有個婢女姓秦，書讀不多的雙親只懂柴米油鹽食衣住行，便給她起了個「菜」字，他一直以為，奴僕的取名方法，全是如此。若她也有一個俗氣名字，他會當場笑出來。

「我爹曾是舉人……」她的答覆雖短，已足以為他解惑。

舉人之女，有個雅名並不需要驚訝，然而，舉人之女淪為奴婢，倒頗值得玩味。

「家道中落？」

「……嗯。」她著實弄不懂他問這些做什麼？他覷她的眼神像會噬人，好似要望進她心底深處，她怕他每一個問題都帶有套話的意圖，更怕自己回答得不好，會被他看出端倪。她躲避他的注視，卻窘促地躲不掉他在她頰畔撫摸的指腹。

他唇微勾，她以為他又要開口詢問一些莫名其妙的身家調查，她做好備戰準備，萬一他深入追問關於她爹親之事，她必須編織一套說詞，才能——

「今晚，妳到我房裡來伺候我。」

他說話了，說出教她瞪大水眸的話……

她、她、她聽到什麼?!

到他房裡伺候他？

……是指手執蒲扇為他搧涼竹蓆？抑或先幫他把被衾躺得暖呼呼，讓他一上榻就有溫暖棉被可蓋？

不，他眼神裡點燃的火焰，可不是這麼說。

晚上……房裡……伺候……

倏然領悟的她，重重倒抽涼息，雙腮先是漲紅，又逐漸褪至蒼白，轉變之快，赫連瑤華自嘆不如，方才她的赧顏，是夢裡不曾見過的模樣，相當可愛。

「奴婢不明白少爺的意思……」她嗓子僵硬乾澀，好不容易擠出這句話，還抱有一絲希冀，祈望是自己誤會了他。

「不明白？」他沉笑，語意渾沌曖昧，黑眸裡笑意幾乎要滿溢出來，而在那笑意背後，擁有更多教人羞於啟齒的火熱。「無妨，人來就明白了，我會將妳教到完全懂。」然後，滿意看見兩朵彤雲飄上她的芙蓉面頰。

這這這這個……男人！

白綺繡確定了他想做的，就是她心裡所想的下流事！

「……你、您不可以這樣……」她要掙開他的手，險些忘了敬詞。

「給我一個我不可以的理由。」赫連瑤華霸道的劣性，在言詞間表露無遺。

「我是好人家的閨女，不是……那種女人，我來赫連府只求一份安穩工作，我會認真做好管事交代下來的事，但不包括……」白綺繡困窘說著，他的表情卻文風不動，毫不受她說服，彷彿在他眼中，閨女與妓女沒有差別。

「我想，我在赫連府裡的權力比管事更大，他交代妳的事，妳會認真做好，那麼，我命令的事，妳豈不是更該盡心盡力完成？」他戲弄她，欣賞她又羞又急的反應。

「為什麼要叫我……伺候您？奴婢與少爺您沒有見過面，您怎麼……怎會看上我？」

「妳忘了，我們見過，妳在楓林裡，我在書齋。」

「那僅是匆匆一眼罷了……」

「不止。」他目光深深沉沉，鎖緊著她。

不止？

「我見過妳不下數十次，在我夢中。」赫連瑤華微微一笑，長指磨搓過她的下唇，他以慵懶口吻貼近她鬢邊，像竊竊私語，像低低呢喃，像柳絮輕軟，帶著熱息，拂過她耳畔：「我想知道，妳是否像夢裡一樣甜美可口？」

白綺繡啞口無言。

世上竟有如此無恥之人！

不，她早就知道「赫連瑤華」這四字代表著惡劣、貪婪、唯利是圖、欺善親惡……原來她遺漏了他另一項缺點，好色下流！

容貌果然不等於人品，所謂的「人面獸心」，完完全全便是指赫連瑤華這種人吧！她一直以為惡名昭彰的壞官吏，應該會有著相襯的小頭銳面，眼神應該污濁猥瑣，笑容應該可憎變態，偏偏他沒有，他乍看之下，就像個飽讀詩書的彬彬君子，一身赭紅滾金的上好衣著，非但沒有奢靡的華麗，反倒使他高瘦的儒致模樣更顯頎長優雅，他雙眸黑亮清澈，充滿睿智，五官俊秀端正，誰都無法將這樣一個男人，與外頭受盡謾罵及惡評的「赫連瑤華」聯想在一塊兒。

她甫見他時，是意外的。

他就站在窗邊，噙著一抹淡笑，若非出手幫她的德松言明，是少爺命他前來助她一臂之力，她不會認為德松遙指的那位清雅男子，便是教人唾棄的「赫連瑤華」。

赫連瑤華……這個她詛咒過千百回的名字，此時唸在嘴裡，仍舊讓她咬牙切齒。

憶起早上他對她提出骯髒要求——不，不是要求，是命令，白綺繡又氣又羞，當時恨不得賞他一個耳摑子，打散他的淫詞穢語，但她忍下來，不僅如此，她還頷首答應了他——

答應今晚到他房裡伺候他。

這不就是她處心積慮混進赫連府的目的嗎？雖然情況有些脫序，然而得到能靠近他的機會，她不能放過，即便危險，她也要賭上一賭。

白綺繡握著薄刃的手正在發抖，她試圖穩住，卻徒勞無功。薄刃輕巧精緻，約莫她手掌大小，鋒利刃身流溢森寒銀光，一思及要將它送進赫連瑤華的胸口，她坦言自己好害怕，從沒想過有朝一日，自己會淪為殺人凶手……

桌上擺滿赫連瑤華差人送給她的全新衣裳及首飾。

飛雪色澤的白亮綢紗，上好的黹功，漂亮的繁花花紋，足見其所費不貲，更遑論那一匣子珠玉金飾。

這是吩咐她晚上要好生妝點打扮一番，別壞了他的興致嗎？

白綺繡嗤之以鼻，不屑多瞟那些俗麗貴飾一眼。

她小心翼翼把薄刃縫於腰帶間，以簡單針線固定，它的位置約在腰後側，她模擬了好幾回抽刃的動作是否流暢，剛開始，不是薄刃卡著不動，便是自己笨手笨腳握不牢薄刃，好不容易練習到順手了，下一個突刺的偷襲姿勢怎麼也做不好。

「白綺繡，妳這樣怎行?!機會只有一次，若失敗，妳豈會甘心？別怕……別怕吶。」她安撫自己，深吸幾口氣，這一回，薄刃狠狠扎進了棉枕裡，這樣的力道，應當能殺掉赫連瑤華了吧？

只要一刀，刺進心窩口，就能結束他的生命。

叩叩。

門扉突地傳來兩聲輕敲，她嚇得彈跳起來，門外副管事的聲音傳入：「妳磨磨蹭蹭準備好沒？別讓少爺久等。」

「……請再給我一些時間。」她連衣裳都還沒換，被副管事一催促，她慌慌張張胡亂更衣，只有繫綁腰帶時，她放慢動作，藏妥薄刃，確定沒露出破綻，她才步出婢女通鋪。

「怎麼胭脂沒點，連髮髻也沒梳？」副管事皺眉看她，這副德性哪能討少爺歡心？女人不都該無所不用其極地將自己打扮豔光四射，滿頭簪滿金銀釵，端出自以為最美的模樣，才好教少爺更加寵愛？「罷了罷了，別讓少爺等得不耐煩了，妳快去吧！」

白綺繡靜靜不發一語，實際上心中非常忐忑不安，腦子裡混亂預演著等會兒去到赫連瑤華房裡，她該如何掌握抽刃時機，該如何出手，又該如何……

她想著，惶惶然地想著，全然沒注意到自己已經隨著副管事步行好長一段路，來到赫連瑤華房前地專心想著。

「好好伺候，討了少爺歡心，以後就有過不完的好日子等妳，說不定換我得瞧妳臉色、央妳提拔。」副管事的交代聲，震回她的神智，當她定睛一瞧，那扇深色雕花門彷彿化身為可怕的囚獄，等待她一腳踩進。

她裹足不前，更想轉身逃跑，可是搶在她怯懦奔走之前，副管事恭恭敬敬諂笑，朝虛掩的房門彎身，說道：「少爺，綺繡人到了。」

「讓她進來。」赫連瑤華的聲音，隱約聽出笑意，低沉傳出。

「進去吧。」副管事見她木楞佇著，推了她一把，力道不大，但足以將她推往未上門的房裡。

她一個踉蹌，雕花門被頂開，她跌進內房小廳，胡亂攀住檀木桌才勉強止住身勢，不至於狼狽摔跤。耳邊聽見毫不客氣的笑聲，來自於側身坐臥於舖墊長榻上啜飲溫酒的赫連瑤華。

她更窘了，站直身子，背後那扇門，被副管事伶俐關上，還丟下一句「請少爺慢用」才退場。

房裡只剩她與他。

她戰戰兢兢，他慵慵懶懶，兩人間的氛圍天差地別，白綺繡連自己正屏著息忘了呼吸亦毫無所覺。他雙眸自始至終都定在她身上，似玩味、似欣賞，將她整個人看透透，並且，一副很滿意的模樣。

白綺繡好想把自己蜷縮起來，她覺得自己像正被他以眼神剝除衣物，更像隻無力逃跑的獵物，在虎的獠牙底下，要被撕吞入腹……

她本能把手擺在腰後的薄刃處，希望憑藉著它，給予支撐力量。

「背上的傷，好些了嗎？」赫連瑤華突然問她，以為她扶於腰後的柔荑，是由於傷口隱隱作痛。

他怎知她背上帶傷？白綺繡一臉困惑。

「嗯……差不多都結痂了。」她仍是回答了他。

「上回搬米袋時，仍是撕裂了傷痂吧？」

原來是當時滲血的模樣被他看見了。

此時他關懷提問，她倒是不知該擺出哪種神色來應對。

赫連瑤華這種人……也懂關懷嗎？

他……會有這樣溫柔的心思？

「無妨，我有幾十種方式能不讓妳的背沾床，不會減少今夜樂趣。」他哧地一笑，像隻戲鼠的壞貓。

齷齪骯髒不知廉恥的大色鬼！

白綺繡自小嚴謹的家教，不允許她口出惡言，但她真的無法不在心裡用盡她所知道的難聽字眼來痛斥赫連瑤華！

他他他滿腦子全裝些不堪入耳的下流辭彙嗎?!

「背上的傷，怎麼來的？」他又恢復俊俏五官應有的溫文假象，體貼問道。

白綺繡眼眸一寒，做了幾回吐納，才娓娓回道：「……與家人在返家途中，遇見盜匪殺人奪財。」

「在我的地盤中竟然有盜匪作亂？看來，有人失職了。」

她靜靜不答，她怕自己現在若開口，定會憤怒朝他吼：南城中最大的盜匪不就是你嗎?!

「到我這邊來，綺繡。」他朝她伸手，等待她將自己送過來。

她顫了顫，他喊她閨名的聲調太輕柔，彷若貼在她耳鬢邊呢喃吐氣，帶來莫名哆嗦。

白綺繡暗暗嚥唾，提起勇氣邁步，龜行地走近他，一步一步一步……

她並沒有多做妝扮，素淨著一張粉顏，他送去的首飾，她一樣都沒佩戴，長髮筆直披散纖細肩後，極致的黑，轉而變成相當獨特的光澤，精緻白綢絲裳更襯托每一根青絲的柔細烏亮，巴掌大的臉蛋，幾綹垂下的髮絲綴點雙腮，瞧起來多無辜、多可憐。赫連瑤華賞玩著她引頸就戮的表情，她一定不知道，自己倔強逞能的姿態，更顯得耐人尋味，他的心，像被什麼給搔動了一下，她走得越近，搔弄的撩撥也就越快，快得連以冷靜自持的他都按捺不住，多想一把擒獲她，攫進自己懷裡，恣意妄為一番。

這絕對是挑逗，最天真無邪的挑逗，她以誘人染指的女孩青澀款款走來，侷促不安、誠惶誠恐，好想將她教壞，瞧瞧嫩姑娘能變得多妖豔嬌媚，瞧瞧她在他身下能綻放得多淫媟鮮美；又更想受她洗滌，想試試潔淨如泉的小女娃有多大能耐洗淨他一身污穢。

她髮間淺淺香氣，若沾染到他身上，是否會走味，抑或……教人沉淪？

白綺繡走得太慢，每一個步伐都像灌足了鉛，如果可以，她希望與他之間的距離永遠不要拉近，兩人一靠近，代表她必須抽出薄刃，偷襲他，在他措手不及之前——

措手不及的人，換成了她。

赫連瑤華如豹敏捷地自長榻起身，扣住她纖細藕臂，蠻橫的力道將她往他懷裡扯，他耐心用罄，等不及她拖著笨拙蓮步，他一瞬間都等不下去！

她驚喘，聽見他飽含慾望的聲音正緊繃著，抵在她耳畔：「妳是在吊我胃口嗎？那麼，小女孩，妳成功了。」

她連回話的機會都沒有，他的唇，已經強悍壓下，吮吻她軟嫩唇瓣，她想制止他，才開口，變相地迎接了他探索深鑿的舌，鑽入檀口，盡情肆虐她的芬芳，品嚐她的甜美滋味，炙熱的氣息，逼迫她接受他、回應他。

「唔……」她緊張到忘了還能用鼻子呼吸，從他吻住她的唇開始，她屏氣攝息，肺葉沒有灌進半絲活命生息，暈眩感侵襲而來，奪去她的思考能力，腦子裡混沌一片，她只覺得他好燙、好野蠻……像要鑿取她的所有，不許她對他隱瞞。

他嘴裡淡淡的酒香，充塞她口中，醺醉了她，更迷亂了她，他時而強取豪奪，吻痛她粉嫩唇兒；時而溫柔小心，淺啄她微顫唇角，教她分不清他的吻是否一如他的人，擁有迥異的雙重性格？

聲名狼籍的赫連瑤華，應該會讓她作嘔……不該產生飄飄然的酥軟，不該……他是個惡官，是個惡人吶……

白綺繡猛地驚醒，雙眸瞠大，想起藏在腰後的鋒利薄刃——此時兩人靠得最近，薄刃雖短，仍能帶來嚴重殺傷力——

她的手，摸不到那柄精巧的匕刃，它不見了！

不，不只是薄刃，她的腰帶——就在剛剛，從赫連瑤華的指節間滑落在地，宛若一彎流泉，蜿蜒於他腳邊，裡頭暗藏的薄刃，被掩蓋在一堆軟綢底下。

她急欲彎腰去拾，一方面，失去腰帶捍衛的衣裳正散敞開來，她不得不緊抓襟口，防止春景外洩。她以為他察覺到她藏了柄薄刃，才會解開她的腰帶，藉以卸除凶器襲擊的可能性，然而他並沒有停下後續動作，也沒有叫人進屋來擒捕她，他的唇，滑下她的咽喉，沿著襟緣，來到她握緊衣襟的十指上，他故意以齒輕咬她細膩指膚，要她鬆懈最後一絲防線，讓他得以獲取更多更多甜頭。

齧啃帶來的疼痛，不算強烈，那是一種酥麻，一種搔癢，一種引誘，這些都不可怕，可怕的是他火炭一般的探索，從手指每一處燃燒起來，而他，始終凝視著她，將她所有反應望入眼底。

她怕。

她怕與這個男人有過多牽扯。

這個男人太貪婪，太惡霸，他要侵佔她的所有，不問她是否願意……他已經徹徹底底摧毀她的人生，不留生路，他是自私的可恨魔鬼，毫無惻隱之心，助紂為虐地陷害忠良，他的良知壓根不曾存在過，他只知道權勢、知道利益、知道如何剔除異己，他留在人世，代表將會有其他無辜的善良人受他所害——

這個男人，死了，對大家都好！

白綺繡只知道必須要拾刀殺他，卻忽略兩人姿勢的貼近，她傾身彎腰，欲撿拾落在腳邊腰帶的動作，等同把自己更送進他懷裡。

她的手，幾乎快要成功碰觸那一泓彎泉般的軟白綢帶。

幾乎。

赫連瑤華在她靠過來的同時，理智潰散，她的髮香，撩人地竄入肺葉，教他亢奮得難以自持，他亦沒有想在此時此刻當君子，他覬覦她甜美身體，就像有她出現的每一場夢境中，他都渴望把她緊緊擁抱、渴望她為他綻放妖嬌風韻、渴望她攀附在他身上，渴望侵佔她，渴望她每寸髮膚都沾染他的氣味……

他攔腰橫抱起她，白綺繡的指尖與腰帶失之交臂，她懊惱低吟，但她沒有時間為此遺憾太久，因為她察覺到一個更棘手、更教她應該發出驚呼的事實——

他抱著她，大步跨過小廳與內房的隔離拱門，走向嵌進整面大牆的架子床，意圖相當明顯。

她驚慌失措，眼睜睜看著自己與藏有薄刃的腰帶越離越遠，不知該如何是好，隨即更看見另一襲眼熟的白綢紗裳在他走過之後飄然墜地，它上頭帶繡的花紋似曾相識……呀！是她身上穿的，何時被他脫下?!

他甚至已經拉開了她肚兜的繫繩！

「不……」

不只是防身的匕刃沒了，此時連自己都快被赤裸剝光，白綺繡在他身上掙動，想與他對抗的勇氣怯懦地消失無蹤，她想逃！她沒有勝算！她……

她的唇，再度被他吞噬，他拒絕再聽見她吐露任何求饒或抗爭，現在任何人事物都阻止不了他——他從來不知道，原來他會如此渴求一個女人，連他都弄不清這般心思為何，他早過了年輕毛小子的衝動年歲，更非初嚐男歡女愛的生澀男孩……

這種燥熱、這等躁動，來得迅速，來得鷙猛。

是還沒得到她的人，才會感到新鮮，沒錯，應是如此。

只要過了今夜，現實與夢境中的她，都被他擁抱過，他就不會再產生這些陌生又愚蠢的情緒騷亂。

他會證實，他對她的興趣，即將結束。

第四章

白綺繡嚐到了何謂羞憤欲死的滋味。

赫連瑤華的下流，她完完全全見識到了！

那一夜，他做出太多她連想都不曾想過的事，他像撕去人皮的獸，一身衣裳褪掉，也脫去道德束縛，帶著邪惡戲謔，盡興地撩撥她，薄揚的唇，吻遍了她每寸細膩肌膚，重重咂著、輕輕吮著，猶如作畫一般，他以她為宣紙，以唇舌為筆墨，繪出一片瀲灩鮮紅的花兒圖。

她被擒在他懷裡，如他所言，她的背未沾床，結痂待癒的背傷沒讓床榻磨破，他的大掌緊緊按抵在那兒，逼她弓背，將粉嫩如櫻的蓓蕾送入他貪婪汲取的嘴間，恣意品嚐。

赤裸肌膚相貼廝磨的觸覺，帶給她如遭雷殛的震撼，他極燙，熨在她冰涼微顫的身軀上，帶來的不僅是體溫的熱度，還有更多是他炙烈慾望所引發的火焰，他一波波攻勢每每都教她措手不及，當她兀自抵抗他掌心游移在背脊所激發的麻癢，他已然更孟浪地探索她嬌軀其他敏感脆弱的部分，他讓她變得不認識自己，身體好似不再屬於自己所有，他比她更熟悉它，它哪兒怕癢、哪兒薄嫩、哪兒只消輕輕一舔便會緊繃泛紅……

她努力吸氣，卻像永遠也不足夠，窒息感逼迫她張開被吻紅的唇，喘吁吁地反覆吐納。

他是個惡劣的男人。

他是個惡劣卻又甜美的男人……

他開始引誘她，引誘她習慣他的碰觸，引誘她承受他綿密的纏吻。

他開始魅惑她，魅惑她放鬆緊張的身軀，為他融化，魅惑她把藕臂攀附在他肩頸上。

生手如她，哪敵他的老練?幾乎只能任由宰割。

當他終於忍無可忍地侵佔了她，兩個個體真真切切合而為一，她從不知道，男人與女人，竟能以這麼緊密羞人的方式……

痛，又完全不及她背上被劃過好幾刀時，劇烈欲死的疼痛，她忍得過，而他，彷彿明瞭她不若外貌的嬌柔脆弱，所以，他依舊強悍挺進，要她全然接納他，不允許空隙存在彼此之間。

「綺繡，很難受嗎？」他啞著聲音問，嗓裡全是低沉的慾望，薄唇刷過她的額際，並且刻意停留良久，喃唸她姓名的方式，像在咀嚼美食。

她不點頭不搖頭，不想也不知該如何回答他，她偏開火紅小臉，眼眶裡蓄積的淚水滑下，濡濕了髮鬢。

淚水，不為疼痛，不為失貞，只為了她錯失殺他的機會。

……更為了她竟然在他的誘惑之下，容許他對她做盡這些夫妻才能共享的私密閨事。

「可憐的女孩，要我退出來嗎？」這次，他聲音裡又有教她可憎的笑意。

她顧不得自尊，哭得狼狽，猛烈點頭，心裡卻不認為他擁有如此君子風度。

他帶有筆繭的大掌緩緩磨搓她粉薄臉頰，給了她答覆：「好，如妳所願。」

他的君子風度，她為之一怔。

折騰著她的脹疼堅實，緩緩退離中，她睜開閉闔的雙眸，淚眼汪汪想瞧清這個正擁抱她的男人，竟會如此仁慈……

當她看見他噙笑的壞眸子時，她痛斥自己一時的天真！

他重新深埋回溫暖芳馥的花徑，引來她抽息驚喘，他沉沉低笑，著迷於她的反應，特別是她不敢置信的嗔怒瞪視，多麼炯炯有神，漂亮水燦。

他朝她露齒一笑，彷彿挑釁，更像在反問她：**對，我就是騙妳的，怎樣？**

他捨不得離開她，她太甜蜜，他興奮不已，方才的戲弄似乎激怒了小貓咪，她展開反擊，伸臂推拒他，想從他身下逃離，然而她所做所為只不過增添他的樂趣。

他不喜歡她置身事外，不喜歡她一副獻祭的委屈，他要她與他一塊兒享受情慾、一塊兒耽溺男歡女愛，像現在，可不是只有他一頭熱。

這個壞蛋——

他是故意的！

白綺繡氣得掉淚，淚珠來不及滑落臉龐便被他伸舌舔去。

「……不氣了，逗逗妳而已，乖女孩，別哭。」他沿著她的眼角，輕啄她紅潤臉頰，聲調如此溫柔，宛如哄誘任性的小娃娃，要不是他仍賁張佔據她的身體、仍與她麻熱貼合、仍教人羞慚地在她深處律動，她真的會誤以為他是個好人。

他好可惡！嘴上說一套，身體做一套，要她別哭，卻做著令她不得不哭的窘慚事……

她被逼出呻吟，他不讓她咬唇藏住那可愛的聲音，他像個惡霸，想要什麼就非得得到什麼，他要她為他嬌泣，要她為他顫抖，要她在淋漓盡致的貪歡之中，與他一塊兒盡興放縱——

一場熱辣的雲雨過後，她多想奔下床鋪，拾回薄刃，狠狠從熟睡中的赫連瑤華胸口捅下，可她做不到，赫連瑤華始終沒有放開她，結實長臂交疊她腰後，將她嵌在懷間，她不敢吵醒他，因為他一醒來便是貪得無厭的需索歡愛，她怕極了他探鑿她身軀的感覺，陌生的火燙和酥麻，她抵抗不了，她不愛自己被操弄成一個連她都不認識的女人。

她不安地強撐精神，要等他睡得更沉，沉到察覺不到她躡腳下床，她再去拾刃……

她抱持這個念頭，努力瞠大雙眼，可是他的鼻息，如一陣暖風，規律拂來，溫暖著她的面頰，好舒服……她好累，好想睡……不，不能睡，她必須等他睡熟，再起來刺殺他，把薄刃送進這個熱燙的厚實胸膛……她必須……

結果，她睡得比赫連瑤華更死！

她不敢相信自己在敵人懷中竟能如此安穩入眠?!

隔日她醒來時，赫連瑤華早已不在房裡，徒留她，面對一床狼籍凌亂，她懊惱不堪，匆匆撿起散落一地的衣物，胡亂穿妥，不敢續留於充滿歡好氣味的屋內。

一夜的代價，換來赫連瑤華慷慨餽贈許多華服美裳及首飾，羨煞了與她同寢的眾女婢，耳語之中自然有欣羨、有酸損，有人說，她從此飛上枝頭成鳳凰，雖然正妻位置沒她的份，能當侍妾也能過得比其他人更榮華富貴。

她覺得自己像個廉價妓孃，用身體換取旁人眼中高價物質。

除了衣物和珠寶，他還送了一瓶草藥膏給她，由副管事轉述他的交代：「這種藥膏，對傷處很有幫助。」

副管事一臉曖昧，好似他所指的傷處多麼難以啟齒，她卻不懂赫連瑤華說的，是她背上的傷，或是那夜被他縱慾弄傷的……

他那般無恥，絕不可能是關心她的背傷，一定是下流暗喻著……

「綺繡，妳呀，要盡心盡力討好少爺，那麼妳搬出這十人大通鋪的日子就不遠了，到時，別忘掉我對妳的照顧吶。」副管事同樣看好她，每回遇見她，總愛朝她揖身鞠躬，要她日後飛黃騰達，成為主子身旁紅人時順手提拔提拔他。

「……」白綺繡靜默，連笑都顯得僵硬。

幾日過去，赫連瑤華不曾再喚她伺候，彷彿早已忘卻她這號人物，白綺繡本以為她還有第二次偷襲他的機會，所以沒有自腰帶中取起薄刃，然而現在看來，她並不如副管事所認為的得寵。

那不過是他一時貪歡罷了。

衣物、首飾……是他慣用來打賞給暖床的女人，毫無其他意義，女人若自做多情，以為它們代表什麼寵愛珍視，那麼，注定女人要埋怨他的絕情了。

她並沒有失落，至少，表面上看來，沒有。

「綺繡，是不是那一回……妳得罪了少爺？」副管事私下推敲，拉她到一旁去問：「或是……伺候得不好？怎麼少爺沒再找過妳第二回？」

「我不知道。」她淡淡搖頭。這話題教她尷尬不已。

「妳……應該要想辦法在少爺周遭出現，端杯茶、送送糕點什麼的，不然少爺身旁鶯鶯燕燕這麼多，老早就會忘了妳！」副管事面對她一派無謂反應，只能再三嘆息搖頭加勸說。

她才不要。

她不稀罕他的寵幸，只惋惜那一夜，沒有殺成他，機會錯失一次，就沒有了……赫連瑤華果然是個惡徒，欺凌姑娘，視人如玩物，一旦得手便不珍惜，棄若敝屣，人怎能像他，壞至極點？

他那樣一個惡人，怎配擁有清泉溫潤的嗓？怎配微笑起來帶有些微的稚秀……

他一聲一聲喊她綺繡的語調，依舊在耳畔繚繞不絕，她意外自己竟然牢牢記著，不僅只他的輕喃，更包括他貼緊她肌膚上的熱度，以及他的吻。

白綺繡，妳清醒一些，記得那些做什麼？妳已經被他遺忘，他現在嘴裡喊著的是其他女子芳名，妳想再見他一面……不，妳想找到第二次機會殺他都沒有。

「我還以為有人會被收房了呢，原來，不過是露水姻緣。」同寢婢女中，對她敵意最深的銀月，總是時常在她背後哂笑嘲弄，從不掩飾的加大音量就是要她逐字不漏聽見，其餘姑娘則是對她同情大多於取笑，倒不曾惡意攻訐她，她為此無比感動，她最不需要的，就是從別人口中聽見自己的處境有多可憐。

「這倒也是，少爺的婚配對象可不是小門小戶的閨女，他與陸丞相孫女已有婚約，只等陸小姐滿十五歲便要隆重迎娶，在那之前，少爺不可能隨便與丫鬟們認真，他只當她們是縱慾的——」

白綺繡沒聽完銀月後頭的酸言，便捧著副管事交代的整簍蔬果欲至水井清洗。

銀月惱怒，在她身後大吼：「少爺正與陸丞相在書房裡，定是商談婚事吧！」

赫連瑤華娶哪家千金，與她何干呢？

她不吃醋，不嫉妒，不若銀月心情惡劣。明眼人皆知，銀月默默心儀赫連瑤華，雖知身分匹配不上他，仍希冀有機會受他青睞，就算只能成為侍妾也無妨。結果她日夜渴求的心願，白綺繡輕易便得到，還擺出一副輕蔑不屑的冰霜嘴臉，銀月自然恨透了她，將不滿全發洩在她身上。

白綺繡強打起精神，抬頭挺胸，要自己別受銀月影響，銀月說的那些話，她不想理睬，赫連瑤華與誰在書房談了什麼，是婚事、是骯髒的醜事、是又要誣陷誰的劣事，她一點都不在意……

只是，情緒仍是慢慢地低落了下來。

她告訴自己，她僅是不樂見殘害忠良的惡官赫連瑤華一路順遂如意，到後來還娶妻生子，擁有幸福美滿的家庭，而受他迫害之人，連存活下來這般小小心願都無法達成……絕對並非摻雜其他因素。

她幽幽輕吁，款款走往水井方向而去。

另一方書房內，茶香怡人，裡頭之人悠哉漫談，氣氛融洽……至少，對滔滔不絕的陸丞相而言，是的。

「瑤華賢侄……瑤華賢侄？」

赫連瑤華神遊的思緒，硬生生被陸丞相給打斷，他挑眉，一派優雅地凝眸回視陸丞相。

「難得見你分心，想些什麼？」陸丞相拈鬍輕笑，所幸正事皆已談畢，此時剩下閒話家常。

「想……一個有趣的人。」赫連瑤華瞇眼微笑。

「哦？又是哪個招惹上你的蠢人？太不長眼了。」

赫連瑤華不答，舉起杯，小啜一口清香溫茶。

「我方才提及之事，賢侄應該不反對吧？」陸丞相並未再深探教赫連瑤華心神不專的人物是誰，反正勾起赫連瑤華興趣的傢伙，下場決計不會太好，與赫連瑤華為敵，是最不智的作法。

陸丞相問的是他寶貝孫女與赫連瑤華的親事。他孫女剛滿十三，再兩年便可嫁為人婦，赫連瑤華是他屬意的東床快婿，他可不想錯過。一旦孫女嫁進赫連家，兩方勢力結合，再加上赫連瑤華與國舅爺的良好互利關係，幾乎全官場再無人能與他們匹敵。他此次前來，是要與赫連瑤華訂下更明確的日期，而不是口頭上約定了事，並建議送孫女寶珠來赫連府邸作客月餘，趁機培養培養小倆口感情。

「不反對。」兩年後的六月十三訂下婚期，迎娶陸丞相稚齡孫女，對他而言，有利無弊，他何來反對之理？

「我家寶珠近來相當認真在學習當個賢妻，不過她還小，學得不好，日後進賢侄家門，希望賢侄包容包容她，她自小讓我們寵壞，性子雖然驕縱些，心地仍是善良。」自己誇孫女，臉不紅氣不喘。

「陸丞相客氣了，寶珠小姐家世良好且知書達禮，容貌秀麗清妍，願意下嫁下官為妻，下官自然會珍視寵愛她，陸丞相毋需擔心寶珠小姐會受委屈。雖然婚期訂於兩年後，下官也差不多該開始籌備，絕對給寶珠小姐一個最風光的迎娶陣仗。」很明顯的官腔，但處處受用。

實際上，他連寶珠小姐是圓是扁都沒有印象，記得半年前見過她，毛丫頭一隻，脾氣又凶又暴，吼聲震盪偌大丞相府，陸丞相的「驕縱」一詞，似乎輕描淡寫了點。

只要她是陸丞相的寶貝孫女，即便她醜若無鹽，他亦不在乎。

她與生俱來所代表的權力利益，才是他娶她的唯一理由。

「好好好，有賢侄這番話，老夫便安心了！」

陸丞相滿意離去，赫連瑤華送他出府，虛偽地十八相送一番，待陸丞相華轎遠去，假笑斂去，恢復為冷冷淡淡，完全不見剛談成婚事的喜上眉梢。

直至他旋身，瞟見一抹俏麗身影自餘光中閃過，消失無蹤的笑容，重新浮現，而且比任何時候更加真誠。

「綺繡。」他聽見自己喜悅地喊出她的閨名兒。

白綺繡身子一僵，踩上台階的步履頓住，下一瞬間，步伐加大，兩階當一階狂奔——當然是與赫連瑤華背道而馳的方向。

這丫頭，裝作沒聽見便罷，竟然還敢跑得比誰都快，簡直不識相。

一旁德松受主子目光暗示，立即上前攔人，幾個蜻蜓點水的墊步，他已佇在白綺繡前方，不發一語，以手勢將她「請」回赫連瑤華身邊。

「少爺喚奴婢？請少爺原諒，奴婢方才沒聽見。」她嫻雅福身，表達歉意——不太誠心的那種。

「聽力挺糟的，我叫了妳十幾次，口都喊渴了。」

騙人！明明只有一次！

「不知少爺急喚奴婢有何吩咐？」她低垂著頸，才能藏住自己嗤之以鼻的怒顏，佯裝恭敬惶恐。她今天身上沒繫那條藏有薄刃的腰帶，換了一襲棗紅色棉裳，因為未曾預期會遇見他……

「陸丞相送來一盒糖舖子最熱銷的糕品，妳想不想吃？」

「奴婢尚有工作在身，恐怕沒能有這等口福——」白綺繡手上那簍蔬果被德松取走，他沒等赫連瑤華下令，認命接手洗菜工作。

「現在，妳有口福了。」赫連瑤華牽起她的柔荑，軟嫩小手裡，有著辛勤勞動留下的龜裂觸感。

白綺繡無法率性甩開他的牽握，任由他拉著走，畢竟她沒有忘卻自己在赫連府邸中的小婢身分，達成目的之前，她不該洩漏太多個人好惡。

讓他生疑，對她無益。

可她好氣他，這個男人，明明就忘了她的存在，竟有臉在見著她時，流露出陽光笑容，溫柔詢問她要不要吃糕，一臉璀璨地彷彿他待她有多好、心裡有多記掛她?!

虛偽。

他不過是「碰巧」撞見她，記起了她這號人物，才又重新興起調戲她的惡劣趣味罷了。

「來，嚐嚐。」他帶她進書齋，將一臉緊繃的她安置在椅上。

糕品微微散發酒的清香氣味，置於乳白色小碟上，圓圓小巧的外型討喜可愛，像半顆雪球似的，除它之外，他還夾了各種顏色及口味的新奇小點，可惜她沒有食慾。

赫連瑤華並不催促她吃，斟杯茶，挪到她手邊，眉目含笑覷她。

這女孩從剛才就一直在擾亂他，當他與陸丞相談論聯姻婚事時，她膽大包天地介入他的思緒間，用她恬靜清麗的面容凝望他，彷彿無言問：你要娶其他女人為妻嗎？……表情說有多哀怨便有多哀怨，眸光蓄淚，欲泣還忍，幾乎險些讓他出口拒絕陸丞相的提議。

「妳在生氣呀？氣我幾天沒找妳？」他有些興味地問。她心思透明，很好猜，她在與他嘔氣。

更神奇的是，他心裡很清楚自己定會迎娶陸寶珠為妻，其餘對於他毫無助益的女人，都只能當成打發的遊戲。他並非縱慾貪歡之人，府中美婢他亦沒沾染過，偏偏獨對她有股難以割捨的霸佔心。

她太純淨，而純淨這種玩意兒，是他缺乏的，所以，才會急欲佔據，想握在手裡不放。

當他察覺自己失常的反應，他逼自己冷靜腦袋，故意不見她，等待胸口澎湃氾濫的翻騰回歸平靜，結果效果超級差，她人是沒出現在他面前，反倒夜夜入夢，在他腦海間娉婷旋舞，帶著教他心癢的甜美笑靨，嘲笑他的自我折磨。

明明已經是他的女人，他卻不覺得自己擁有了她，她像霧、像雲，看得到，又掌握不著。

若收她當侍妾，待陸寶珠進門，不出七天，她一定會被驕恣的嬌嬌女給活活整死吧，到時，他會為一個賤命小婢，與丞相孫女扯破臉爭執嗎？

答案是，不會。

得罪陸丞相，對他是件麻煩事。

「奴婢沒有。」她白了他一眼，隨即又自覺不妥，便低頭盯向半圓形酒糖糕。

「既然沒有，見著了我，怎麼沒討好地撲進我懷裡撒嬌？」尋常女人該有的基本魅惑本領，她一項都不懂。多可惜，他期待有朝一日，她會像隻溫馴貓兒，主動依偎過來，尋求他的寵幸。

她一臉「你真無恥」的驚愕，雖然嘴上沒說，神情倒是隱藏不來。

嗔怒的模樣好可愛，真想多逗她一些，看她面泛桃花的嬌俏。

「我差人送去的衣裳喜歡不？要不要再選些料子多做一些？」他又問。

「足夠了，謝謝少爺。」她簡單回答，也因為過度簡潔而顯得疏遠淡漠。

他不以為意，依舊心情極佳地問：「首飾呢？不見妳佩戴。」他撩撩她的鬢髮，她連耳飾都沒有，只將長髮挽髻，尾端柔亮披於纖肩後，髻上同樣空空如也。

「太貴重了，工作時累贅。」累贅兩字，她故意說重了些。那些亮澄澄的金銀珠寶在在提醒她，它們是以身子換取而來的夜度資。

「傷口有上藥了嗎？還疼不？」這問題，是嫌遲了點。他老早便想問，那一夜，無論他如何小心翼翼，仍是難以避免地扯裂她背上痂傷，沁出些許血絲，他特別向醫官索討癒傷去疤的藥膏，那可都是後宮娘娘們才能入手的好東西，沒動用些關係是無法取得。

她臉蛋驀然爆紅，支吾了起來。

「我瞧瞧。」他道。

瞧……瞧瞧?!

白綺繡猛然站起身，大退好幾步，防備小臉窘紅得快要滴血，雙手絞緊襟口，捍衛著自己。

「……不用瞧，已、已經好了……我、我有上藥……」

要她輕解羅衫害羞難免，但她的反應過頭了，激起他的戲弄興致。

「瞧一眼我比較放心。怕什麼?妳渾身上下我不是全瞧透透了嗎?綺繡，聽話，自己過來。」他淡笑。

「不要。」她拗起來了。背完全抵住牆面。

「妳不過來，就換我過去了，到時，可能就不是瞧瞧可以打發我。」赫連瑤華最拿手的就是輕聲細語威脅人，只不過對其他人的脅迫，不含半點戲謔玩笑，每字每句都充滿惡意，然而面對她，他的脅迫卻一點都不血腥，倒像調戲良家婦女。

她的臉色更紅了，聲調因嗔怒而高揚：「大白天的……你敢?!」

「『你敢?』這兩字，我還是頭一回聽見有人膽敢嗆我。」呵呵呵，有趣的挑釁，他接下了。

他就讓她看看，他敢。

「赫——少爺，你——您住手，我——奴婢——」她瞠眸看他如豹優雅走來，慌得語無倫次，想逃已經來不及，身子淪為他臂膀間的禁臠，她倏然屈蹲在地，護住曳地長裙的裙角不敢鬆放。

「妳的反應真詭異，不過是想瞧妳背傷癒合情況，妳動作這麼大，當心又扯裂了結痂。」他不再逗她，更忍不住出言輕斥。

「……背？」她愣愣抬頭。

「背呀。」他頷首。沉思了一會兒，他眸子閃過了然笑意，故意反問：「不然，妳藥擦哪裡去了？」

白綺繡這下更窘、更抬不起頭、更想挖個坑將自己深深埋進去，永遠都別出來——

老天……

那藥是……

她以為依赫連瑤華的劣性，送來藥膏定也存心不良。

沒料到思想污穢的人，竟然是她——

「綺繡，妳還傷了哪兒？」他流露一臉關懷體貼，實際上滿腹壞水在調侃她，要看她的臉能紅到什麼地步。

白綺繡抿緊的嘴正在微微顫著。她當然不可能吐實，然而一路由頸子蔓延到耳後的深濃豔紅，已將她難以啟齒的話語洩漏光光。

「怎麼不說話？嗯？」

他真惡劣！明明就知道——

「你走開……」她虛弱反擊，難堪得快哭了，推開他環於腰際的手。

「愛哭鬼。」他笑嘆，不戲弄她，抱起她，他坐在椅上，不許她離開他的腿，她自然不可能如此溫馴，掙扎想走，他大掌握住她的，微微施力，一同按在她平坦腹間，制止她別動：「幸好那藥膏藥性溫合，抹哪兒都可以，不傷身。下回我會說得更清楚明白些，不再讓妳誤會。」

他輕柔說道，下顎抵在她髮鬢邊，蹭著她的髮絲，細膩的烏絲搔在她頸膚上，撩得好癢，這股躁動，引來哆嗦，自腳底往上泛生，教她忍不住隨之輕顫，任由他將她抱得更緊些，背脊熨貼胸膛，密密地找不到任何縫隙，他更靠近她，唇滑過她嫩膩的飽滿耳珠，慢慢吸吮，掌心攏握在她渾圓胸脯上，放肆揉撫。

直至他胸口金釦無意擦過她背上傷痂，輕微的疼痛使她混沌思緒中斷，她如遭雷殛，無法諒解自己竟然不知羞恥地接受他的愛撫！

白綺繡！妳忘了妳的目的、妳的怨憤，以及妳背上刀傷是怎麼來的嗎?!

她撥掉他的手，倏忽站起：「我——奴婢得回去工作了！副管事知道我偷懶會生氣的——」她想要逃離他，他讓她變得好奇怪！

他將她抱回來。「陪伴我就是妳的工作。」這句話，說起來連他自己都驚訝。

原來他渴望她留在他身邊，陪伴他。

不一定非要做些男歡女愛之事，只要在他周遭待著、在他看得到的地方待著，他心情竟便會飛揚起來。

白綺繡卻覺得他那句話是種侮辱！

他完全視她為侍妾——不，說侍妾是抬舉了！侍妾還勉強有名有分，雖無法明媒正娶，至少仍會宴客昭告。她只是個侍寢的婢女，白天工作，夜裡伺候主子的慾望……

她臉色發白的受辱模樣，泫然欲泣，映入赫連瑤華眼中，彷彿一記鞭子，鞭笞他那顆又冷又硬的心。

他不懂何謂心痛，他的心，不曾為誰而痛，現在，他首次嚐到了這種滋味。

他抬高她倔氣小臉，她黑白分明的秋瞳被水光迷濛，仍是驕傲地不許眼淚落下，視線更是硬往右方看，眼珠子都偏了好半邊，他挪往右，兩顆黑墨瞳仁又往左挪，就是不要看他。

「綺繡，我沒有輕賤妳的意思，我只是想要妳留在我身旁，陪著我。我一直……都很寂寞。」

第五章

我一直……都很寂寞。

這句話，有可能是謊言。

她分辨不出來，它幾成可信，也許，是赫連瑤華一時興起所編織出來騙取她心軟的戲語，因為他在笑，他薄揚的唇，鑲著微笑，有些輕佻、有些壞，擺明告訴人**「別信我，我隨口胡謅的」**，然而……

他的眼神卻透露著完全相反的真誠。

他太矛盾，心術不正的惡官，眸子清澄乾淨。

而她，也矛盾，明明有機會轉身離去，最後仍是留在書齋，與他一起。

她告訴自己，她不是同情他，只是好奇，像他這樣權力在握的男人，要人生便生，要人死便死，有何資格道寂寞？

萬一他騙她，她也更有理由仇視他，再給壞透了的他，增添罪名。

白綺繡很慶幸他所謂的「陪伴」，不是指床笫間的陪伴，他要她替他磨墨，他在尺餘寬的宣紙上揮毫書寫。

她很意外，赫連瑤華寫了一手好字，轉腕運腕之間，輕靈若行雲，力韻如流水，不剛硬不柔弱，豪壯與醇厚並存，奔放與疏淡又融合為一體。她自幼總常為爹親研墨，一如此時靜佇於爹親的桌旁，凝覷爹親下筆練字，對於書法，看了許多年，聽爹講解說明，多少懂得一些，赫連瑤華的筆法技巧，更勝她爹許多。

爹說過，字如其人，執筆時的心境，亦會影響字態，像赫連瑤華這種心眼狹小，容不下異己之人，他的字，不該寬厚大氣、不該瀟灑自若。

不單如此。

赫連瑤華的墨繪亦是一絕，隨筆畫來的山水圖，正擱在一旁待乾，紙上的泉澗傾洩而下，奇岩峭拔雄偉，山巒薄霧裊裊，美景躍然紙上。

見他書寫或作畫，都是種享受，一筆一畫，一勒一努，一磔一策，皆牢牢吸住她的目光，連眨眼都捨不得。

當然，他仍是不改劣性，咧嘴朝看傻了的她一笑，蘸墨寫下：

綺羅紅紬帔，朝霞瀲灩深。

繡戶輕虛掩，美人芙顏開。

以她之名，作詩戲弄她，惹得她既羞又氣。

她好像認識了一個全然不同的赫連瑤華。

他的文采、他的博識，都教她吃驚。

「你真的是通過會試、御試才當上官……」而不是拿銀兩買到此刻地位。她的低喃自語，飄進他耳裡。

「不然，妳以為我這個『官』是打哪兒來的？」他笑問。

「我以為，有錢能使鬼推磨。」她也不客氣。「又或者，出生官吏之家，順理成章承襲父爺輩的榮華富貴。」

「我是窮小子上榜首，沒有強大家世當後盾，不識得哪號大人物，我認真苦讀，日夜埋首書冊間，有時讀起書來，廢寢忘食，連飯都可以不吃。」

「既然如此，你——」她差點要問：**既然如此，你為何不懂愛民如子，疾盜若仇？何以與其餘惡官同流合污，淪為一丘之貉，不問青紅皂白地陷害無辜善良的人?!**

她的句子中斷得太突兀，他挑眉，要等她說完，她卻抿抿唇，改口：「既然如此，您應該對於身為父母官，有著比一般人更強烈的責任感？加上您出自貧困，定能對老百姓感同身受，處於他們的立場為他們做更多事，幫他們改善生活，滿足安居樂業的基本需要，是不？」

這番話，可褒可貶，他若心安理得，自然能把它視為尊崇，但要是他的行為全數背道而馳，她的話，聽來可是酸不溜丟呢。

赫連瑤華不是好官，他應該要心虛汗顏，不過他沒有，帶著笑，回她：「我當然也是有替百姓做些事，像是造造橋修修路治治水除除蝗害什麼的，還養了一群官差定時巡視城內治安，罪大惡極的犯人，算算鍘掉幾百個有，這麼算來，我是個好官吧。」比起只吃錢不做事的同僚，他真是負責任極了，自己都敬佩起自己來呢。

他竟然有臉這麼說?!

將自己分內原本該作的工作視為對百姓的恩澤?!

白綺繡努力克制自己嘴角泛出的不屑冷笑，卻克制不住自己賭氣開口：「我以為官者，該要『清、慎、勤』，念清、神清、心清，不因自身好惡而影響明辨是非，杜絕私慾，不收受賄賂，不貪不義之財，不沽名釣譽，不畏懼權勢脅迫；慎審各案，勿枉勿縱，絕不冤屈好人，不昧天良偏袒惡人，案件細微末節皆需明察秋毫，一點蛛絲馬跡都不錯放；勤防盜匪、勤安城治、勤入民生、勤體民心，不能尸位素餐，只想躲在書齋裡處理完別人呈上來的陳情狀，而不願身體力行去聽百姓的聲音。」理直氣壯裡，挾帶嘲弄及暗諷，她所言的那些，全是赫連瑤華沒能做到的！

「如雷貫耳。原來當官得要這樣呀？」赫連瑤華一副「我今天才知道吶」的恍然嘴臉，白綺繡明知他是故意裝傻，仍是在心裡生起他的氣來。

「少爺為官多年，若連這些簡單道理都不懂，就太對不住老百姓！」她真後悔自己為何不先找個藉口回房，取來薄刃，為民除去他這個有玷官箴的貪匪！她明明有很多次機會，卻全浪費在看他揮毫落紙——

「妳倒是挺懂為官之道，可惜妳非男兒身，謀得一官半職的話，實為百姓之福。」赫連瑤華誇獎她的同時，又搖了搖頭，一臉惋惜：「不過，活不滿三十，英年早逝。」

「您……什麼意思？」

「妳說的那種官吶，很快會被人拈除掉，省得擋住某些人的道路。」他瞇眸低笑，喉結滾動，溢出沉穩笑聲。

「怎麼可能？那些為官之道是基本的……」她險些咬著舌頭地閉上了嘴。不，他沒說錯，她爹不正是活生生慘例嗎？她爹奉行「清慎勤」，不辱他一生官職，他以民為子，愛之惜之，結果他的下場呢？

「……這太不公平了，盡力成為好官，竟沒有善報，反而貪贓枉法的惡人得以飛黃騰達?!」白綺繡握緊雙拳，顫抖而痛苦地低喃。

「世間污濁，又不單單這一項。我當初甫授官職時，也如妳一般天真，認定自己可以改去陋習，對抗全天下所有惡人惡事，管他是皇親國戚抑或達官貴人，只要犯法，我都要將他們繩之以法，結果……」

他停頓下來，又在紙上畫了幾筆，白綺繡等著，沒等到他把「結果」後續說完，只好主動問：「結果如何？」幹嘛突然不說了？

「險些被人拈除掉。」不然呢？哪還可能有第二種好下場？

「你?!」他……怎可能也遇過這種事?!

不，她該先驚訝的是，他怎可能曾經立志當好官？看不出來呀，她以為……他的壞，是出生就一併自娘胎帶來。

「我被下放到荒城，途中遭蒙面人暗殺沒死，重傷臥床好長一段時日，在鳥不生蛋的小城裡，三天兩頭便有刺客上門，府裡奴僕十個有七個是來殺我。我做錯了什麼？我不過是不貪不忮不畏權罷了。」赫連瑤華冷笑。

「這是真的嗎？你曾經……」她內心正在動搖，刺殺他的念頭，逐步崩坍中。

她不知道他遇見過那般的事，雖然他之後走偏了路，但他並不是個與生俱來的壞人，他曾有滿腔抱負，曾熱血沸騰，曾想為每一位百姓盡心盡力，他卻變成別人的眼中釘，遭遇與她爹相似的凶險情況，他比她爹幸運，留下性命一條。

「妳真好拐，當然是假的，呆女孩。」他噗哧一笑，笑她單純易欺，隨口說說都能騙到她憐憫的同情眼神。

白綺繡決定，現在就回房間去拿刀！

她小臉憤然怨懣，雙眸快要噴出火來，逗樂赫連瑤華。

「你覺得這種謊言很有趣嗎?!」她又氣到你您不分了，從他身旁退開好大一步，惱道：「也許真的曾有某一個清官，就如你編織的戲言那樣，不貪不忮不畏權，卻礙著了誰的眼，被刺客暗殺，因而送命，你把這當成玩笑在說，根本就是冷血無情──」

罵完，才發覺自己正無禮地以食指指向他的鼻心，一時之間，氛圍僵持，他看著她那根指頭，好半晌不說話，她收也不是、放也不是，只能維持動作。

「綺繡，妳太嚴苛了，我不認為我那個玩笑傷害了誰，若有，也只是企圖拐騙妳的心軟。妳有權氣我，至於那位不存在的某清官，就別替他出氣了吧？」赫連瑤華沒為她的踰矩而憤怒，就赫連瑤華的眼來看，與她討論「官」，並不具任何意義，她非官場之人，不懂其中關係利益，兩人不需要為此不快。

但就白綺繡的眼來看，卻大不相同。她是最有資格責備他的人，她完全經歷過那些他以戲謔口吻道出的「玩笑」，明白被人拿大刀抵住咽喉的恐懼，更永生難忘親眼看見至親慘遭亂刀砍死，倒臥血泊中的駭人情景……

她當然會氣他，氣他拿別人的悲哀當笑話在說，氣他一副無謂的姿態，她最氣的……

是自己在那一瞬間，信以為真，為他產生一絲絲同病相憐的心疼。

她怎麼可以……心疼他？

心疼這種總是傷害別人、欺負別人的壞傢伙呢？

他察覺她臉上五味雜陳，甚至亮燦的眸染上烏雲一抹，黯淡失了光采，而他，並不樂見這副神情的她。

「怎麼了，是勾起妳與家人被盜匪奪財的不好回憶嗎？」赫連瑤華只能為她的反應激烈找到這個理由，他將血腥場面說得輕鬆，忽略了她的心境轉折，他才說完，看見她渾身一震，小臉愈發蒼白。

忽爾一抹疼惜，襲上心頭，快得教赫連瑤華措手不及。

陌生，太陌生了。

它像是要灼燙他，隱隱地，鑽進心窩深處，逐漸酸軟起來。那夜歡好，他仔細看過她的背傷，奪財的匪人們，置她於死地的意圖明顯，刀刀不手軟，她傷得很重，即便它們近乎痊癒，仍不難看出她曾在死亡關頭掙扎求生的痛苦歷程。

他甚至那時憤怒得想命令德松，找出當初搶奪她家人財物及性命的歹徒，將他們一個一個擒捕住，再以最殘酷的酷刑凌遲處死，為她討個公道。

他絕不輕饒他們！他要他們付出生命做為代價！

白綺繡幾乎要為他輕吐喃問的溫柔聲調而落淚。

就是你讓我遭遇那些可怕的恐怖惡夢呀！是你，是你！你為何還能柔情似水，流露出這般體貼眼神？她無聲嘶吼，卻發不出半點責備。

淚，終是不爭氣撲簌簌墜下，猶如斷線珍珠，掉落他掌心間。

她想自己伸手抹去，他快她一步，雙手捧住她的臉頰，以拇指指腹為她拭去。

「是我不好，忘掉妳內心對這種殺來殺去的事件仍存恐懼。綺繡，抱歉，我們不提這些，抱歉，別哭，別哭了……」

這個男人，將她擁入懷中，薄唇在她眼角輕吮，反覆呢喃著歉意……

一遍又一遍……

而她，該逃卻未逃，在他溫暖的懷抱裡，貪婪汲取久違的依靠……

❀　❀　❀

原來自己脆弱得不堪一擊，獲得片刻慰藉庇蔭，便懦弱地想縮藏其中，假裝外頭紛紛擾擾不曾存在、假裝自己只是一名辛勤工作換取溫飽的小小婢女。

白綺繡不是沒察覺到自己對刺殺赫連瑤華的態度並不積極，有太多回她與他獨處；太多回她身上帶著薄刃；太多回她的手幾乎已經握牢了薄刃，卻怎麼都無法抽出它來，遑論要把它刺進赫連瑤華胸口……

她不敢殺人，這當然是理由之一，但並非唯一。

真正的緣由，她不敢深思，不去理解為何每次看見他眼眸裡盪漾的笑意時，她便無法狠下心來殺他；不去明白為何他親吻她、擁抱她時，她耽溺其間的軟弱酥麻。

只是，她不可能一直維持現況假象，她纖細的肩上，馱負無比沉重的壓力，催促著她，必須盡早動手——

「妳還不能接近赫連瑤華那貪官嗎？找不到機會能下手嗎？」

白綺繡頭低低的，耳裡聽見娘親略顯焦慮的詢問，沉默以對。

她藉著與另名婢女宛蓉被副管事派出府外分別採買雜貨的空檔，迅速買妥她該負責的貨品，折返位處偏僻巷尾的家，看看家人情況。毫不意外，才進屋沒多久，她娘親便如此問道。

「娘……女兒是以婢女身分混入赫連府，見到主子的機會……並不多。」謊言出口之後，強烈罪惡感襲來，她不敢抬頭去瞧娘親那張被數道刀傷劃破美貌的臉孔，害怕被娘親看穿她的心虛。

她說不出口，說不出她與赫連瑤華的關係匪淺，說不出她有多靠近過赫連瑤華，近到被擁在懷裡，近到能細數他的睫有多少、有多長。她怕她娘親會直接賞她一記摑掌，她溫柔嫻雅的娘親，在遭逢夫喪的巨大打擊後，精神狀況有些怪異，有時仍是她記憶中輕聲細語的娘親，有時卻性情大變，又吼又罵……

「要快……什麼方法都可以，妳要接近他，再動手殺他，替妳爹報仇、替妳哥哥弟弟報仇……綺繡，聽見沒？妳聽見沒？」白母握住她冰冷柔荑，先是輕聲叮嚀，越說卻越激動，十指握疼了她而不知覺。

「聽見了……」她只能如此回答。白母喃喃說道五六聲「好」，才鬆開手，溫婉慈祥地要白綺繡坐，再端出許多午膳用剩的簡單家常菜餚，要白綺繡多少吃一些。

白綺繡只勉強用了幾口白飯，配上些許豆腐乳，便推說吃飽了。

之後她匆匆去看了重傷殘廢，僅能臥躺在床的暴怒兄長，還有被刀光劍影嚇到癡呆的稚齡小弟。他們一家五口，爹親慘死，娘親不僅容貌破相，身上亦留有數十道刀痕，她兄長的手腳筋遭砍斷，這輩子恐怕再也無法憑己之力站起來，被護於爹親懷裡的小弟雖然只是輕傷，爹親流出的鮮血，濕濡了他一身，七歲不到的他，驚嚇過度，迄今沒有開口說過半句話。

而她，算是傷得最輕，至少，性命保住，四肢沒殘沒缺。

這就是她恨赫連瑤華的理由，這就是她必須恨他的最大理由，她的家人，險遭滅絕，沒死的，留下終身傷痕，包括身體與心理上的。

赫連瑤華雖非唯一凶手，亦是脫不了干係的共犯，會先選定他下手，不過是地利之便，其餘幾個惡官，總有一天，一個一個，都要付出代價……

白綺繡無法在家久待，必須趕回客棧前和宛蓉會合，避免宛蓉生疑。

所幸她比宛蓉早到約定地點，只等了一會兒，買齊雜貨的宛蓉小跑步來了，兩人相視一笑，邊閒聊邊步行回府。

宛蓉是個可愛的年輕女孩，才十五歲，有些豐腴，像顆剛蒸好的包子，白白軟軟，笑容毫無心機，而且相當活潑健談，使得回府的路途不至於乏味無趣。但白綺繡仍無法被宛蓉逗得開懷，返家一趟，看見親人，她的心情更加沉重，沒能達成娘親的叮囑，她滿心羞慚，家人的傷勢，不斷提醒著白家所受到的不平遭遇，她若仍有身為白家人的覺悟，要為家人報仇，就該一刀賞赫連瑤華痛快，為他做過之事付出代價……而不是不斷不斷不斷為他找尋開脫的藉口，妄想從他身上挖掘一絲絲的優點。

她該如何是好？

今晚，她是否該要咬緊牙關，抽出薄刃，取他性命？

「綺繡姊姊，妳瞧妳瞧！好華麗的馬車哦！」宛蓉興奮嚷嚷，與兩人擦身而過的奢豪馬車飄過一股濃馥香氣，紅綢頂蓋邊緣垂墜著七彩水玉，數十顆成一串，彷彿晶瑩雨水凝結成冰，雕飾精細費工的花形小窗，繫有粉色薄紗，車廂內的女子嬌影忽隱忽現，馬車速度不慢，噠噠幾步便跑得老遠。

大街上偶爾瞧見富貴人家的馬車，不足為奇，兩人亦不以為意，只是步行回府門時，發現那輛華美馬車正停在赫連府邸的朱紅色大門前。

「原來是少爺的客人吶。」宛蓉好奇地探頭探腦。

馬車上，娉婷步下一位比宛蓉更輕齡的粉雕女娃，花顏上稚氣未脫，但仍淡淡撲上胭脂水粉，多此一舉地破壞掉荳蔻姑娘與生俱來的青春氣息。她衣著繁複漂亮，遠遠便能看見袖口襟緣皆以金絲細線縫綴，再綴滿珍珠瑪瑙，隨她身形款擺熠熠生亮，煞是好看。

她是誰？

這疑問，同時浮現在白綺繡及宛蓉心中，但礙於身分，她們是不能再靠近些瞧。

粉雕女娃身形嬌小，氣勢可半點都不小，她驕傲揚顎，身旁婢女只不過是打傘打慢了點，讓她曬著日光，立刻挨她一頓罵，若非赫連瑤華出現，恐怕府門前會上演一場鞭笞婢女的戲碼。

宛蓉見赫連瑤華滿臉笑意站定於粉雕女娃面前，兩人交頭接耳說了什麼，粉雕女娃終於改怒為笑，笑聲如銀鈴，攀挽他的臂膀，由他領著跨進府門。

「呀，我知道她是誰了！她一定是陸丞相的寶貝孫女，少爺未來的妻子！」宛蓉小小驚呼了一下，為自己的聰穎而開心自豪。

白綺繡心一沉。在府裡早已不是祕密的事，赫連瑤華及陸府千金的婚約，她更是聽其他婢女說過無數次，怎會親眼所見後，依舊感到震驚不已呢？

赫連瑤華抬起眼，瞧見了她，目光並未多做停留，挪回身旁粉雕女娃身上，她正甜甜笑著，於是，他亦回予毫不遜色的溫柔笑靨，兩人連袂步入赫連府，直至並肩身影再無法瞧清。

「她看起來好像個孩子，真小，聽說比少爺足足少十五歲呢。」宛蓉重新提起擱在腳邊的雜貨，要折往府側小門進去。「美是美，但好像很凶，剛剛她身旁的婢女都哭了呢……」

白綺繡不發一語，跟隨宛蓉身後，在府側小門遇見德松，是刻意等待她。

德松迎上前，接手拿走她與宛蓉採買的雜貨，口氣一如以往淡淡：「少爺吩咐，寶珠小姐會在府裡待一個月，妳暫時別進書齋或少爺房裡，這段日子裡，乖乖做好分內工作。」他對著白綺繡道。

因為未來少夫人入府，所以與少爺有染的婢女，就得先行驅離，是嗎？

「綺繡知分寸，請少爺毋需擔心。」她不是一個自詡與主子有關係，便驕傲放肆的女人，更不會拿這點來炫耀，若赫連瑤華擔心她會去向陸寶珠洩漏些許口風，藉以刺激他的未來愛妻，那麼，他太多慮，也太不了解她白綺繡。

她比他更不願意被旁人知道她與他的關係匪淺。

「少爺不希望妳有機會見到寶珠小姐。」

白綺繡扯唇苦笑，宛蓉此時投注過來的同情目光，多教她無地自容，她從宛蓉眸裡看見憐憫，她在可憐她，一個見不得光的暖床婢女，當正主兒出現時，她只能被藏到陰暗角落，掩蓋起來。

她挺直腰桿，不被脆弱擊倒，告訴自己，她不稀罕赫連瑤華的恩寵，他娶誰愛誰，皆與她無關，她沒有感到受創，沒有感到嫉妒……

她沒有任何感覺。

沒有。

第六章

即使沒有赫連瑤華的吩咐，白綺繡亦不曾想過要去偷窺他與陸寶珠的相處點滴，她對陸寶珠沒有太大興趣，不似府裡婢女們，個個都想探聽關於這位未來少夫人的個性、嗜好或喜惡。

她不聽，不代表聽不到。

奴婢長工同桌吃飯時，眾人話題三句不離陸寶珠，他們談論陸寶珠的家世、陸寶珠的榮耀富貴、陸寶珠的高傲驕矜、陸寶珠的吹毛求疵，當然，更談論赫連瑤華對待陸寶珠的關懷備至。

「誰教她是丞相孫女，嬌一些在所難免，吃食方面她嘴挑，肉太軟太硬不成，茶太燙太冷也不行，菜餚盛盤不順眼更是連動箸都不肯，聽說呀，她曬不得日呢，說是怕曬黑曬醜。」

「少爺待她真好，要管事盡量達成寶珠小姐所有要求，不管有理無理，只要寶珠小姐開口，少爺沒有不應允。瞧，府裡泰半人手都派去寶珠小姐暫居的璇璣園伺候，足見少爺多重視這名嬌客。」

「畢竟是未來的妻子，加上她娘家權高勢大，不呵寵著怎行？少爺日後娶了她，陸丞相自然對少爺這個孫女婿會多加提拔。」

字字句句，滑進白綺繡耳內，她靜靜用膳，她知道有無數雙眼睛全盯緊她，他們想看她的反應，想看她是否食不下嚥，但她沒有，她仍吃完一整碗飯，仍辛勤工作而沒出過錯，仍一如以往的處之淡然。

她像置身事外的路人，不介入任何紛紛擾擾。

只是，她的淡泊，終是無法如願，一個逃得最遠的人，因為一道命令，被擒回混亂之中。

那時，白綺繡正身處最北側的小園圃間，忙著灑掃工作，銀月氣呼呼找到她，劈頭就是數落：「妳躲到這麼偏僻的地方，害我找好久！」

白綺繡沒停下手中動作，淡道：「我沒有躲，副管事派我到這兒掃地。」最近，副管事找的差事都在府內偏僻處，好似是刻意支使她遠離府邸。

「別掃了，寶珠小姐要見妳。」銀月露出一抹詭異笑容，連喘吁吁的氣息都還沒待它平穩，便扠腰指示她。

「見我？」白綺繡一怔。

「對，立刻，現在。」銀月揚高下顎，用鼻孔看人。她被派到陸寶珠身旁隨侍，相當懂得察言觀色的她，頗受陸寶珠喜愛，而她也明白投其所好的道理，府裡大大小小的事全說給陸寶珠聽，並不時在陸寶珠耳邊灌迷湯，偶爾一聲「少夫人」，教陸寶珠心花怒放。

當然，她「順口」透露府裡有隻狐媚誘主的小賤人，加油添醋一番，而且完全在預料之中，心高氣傲又稚齡毛躁的陸寶珠拍桌大怒，命她將勾引赫連瑤華的賤婢帶到她面前。

白綺繡不想去，去了，會遇見何種情況，連猜都不用猜，銀月得意表情已然清楚告訴她。

她卻不得不去。若現在拒絕銀月，陸寶珠也不會輕易放過她，怕是多命五六人來押她過去，屆時小事變大，最最難堪的人仍是她。

銀月頗驚訝，本以為她得費好一番功夫才能逼迫白綺繡隨她去見陸寶珠，怎知白綺繡放下竹帚，稍稍整整衣裙，便無言凝覷她，眼神在說：**走吧，帶路**。

「妳不知道寶珠小姐找妳要做什麼嗎？」怎麼一副無所謂的姿態？她以為會看見一個發抖害怕的軟弱傢伙。

白綺繡不回答這種明知故問的挑釁。

銀月瞧不懂她的心思，只覺氣惱，惱她的態度、惱她的無謂。

「寶珠小姐說，她不會與人共事一夫，所以少爺身旁的鶯鶯燕燕，全都別奢想有出頭之日。妳與少爺的蜚短流長已經傳進寶珠小姐耳中，殺雞儆猴當然由妳下手。」銀月擺明要嚇她，只是說完與說前，白綺繡臉上神情完全沒有變化，銀月面子掛不住，哼地轉身，帶領白綺繡走往璇璣園。

璇璣園，位處府邸東廂後側，以疊石假山區隔獨立，清幽地隱，自成一方小小天地，園子周遭闢有輕舟水道，可駕扁舟環繞璇璣園賞景，園內植滿百花，每當正逢花季，嬌美花兒便爭奇鬥豔地綻放開來，好不美麗，用來招待嬌滴滴貴客再合適不過。

璇璣園水池畔的鴛鴦亭，亭柱雕梁畫棟，祥龍及飛鳳彩繪其上，似要朝天際翔舞而去，六角飛簷鑲嵌青碧玉瓦，與池水爭相輝映著澄透色澤，亭裡偌大水玉圓桌佈滿數盤精緻可口的釀梅、糕餅，玉般人兒陸寶珠坐在亭內，優雅品食，數名婢女分列於亭外兩旁，個個嚴謹認真，看來陣仗頗為嚇人。

「寶珠小姐，人帶來了。」銀月退開，並將白綺繡推到亭前。

陸寶珠放下玉荑拈握的銀叉，吃了一半的小甜品由貼身小婢撤下去，她慢慢揚眸，用著相當不屑的速度，降貴紆尊地把眼光瞟落白綺繡身上。

「長得不過如此，我還以為多美呢。」少女銀鈴的甜嗓，太習慣於命令人而顯得高傲冰冷。陸寶珠蛾眉一蹙，稚氣未脫的芙蓉臉蛋閃過不悅：「跪下！」

她甫斥喝完，隨即站出兩名婢女，硬壓著白綺繡屈膝跪下，白綺繡並不想多嚐苦頭，順從做了，然而陸寶珠下達的下一道命令，白綺繡覺得超過，卻來不及閃躲——

「先賞她幾個耳摑子！」

一名女婢迅速揮送巴掌，熱辣辣打偏白綺繡軟嫩的臉龐，並且反手再來一記，鮮紅色掌印立即浮現在白皙膚上，白綺繡腦門嗡嗡作響，雙頰疼痛。

「我聽說妳耍狐媚勾引赫連大哥的事，這只是給妳小小教訓。」陸寶珠端茶輕啜，小小年紀，丞相府裡妻妻妾妾惡鬥那套早學得爐火純青，自個兒娘親怎樣對付小妾寵婢，她便如法炮製，姿態儼然以當家主母自詡。

「妳有什麼心機、手段，全向別人使去，我陸寶珠決計不可能與妳這種身分低賤的女人共事一夫，誰知道妳們這種下人身上有沒有病?!髒死了！妳要是妄想有朝一日，赫連大哥迎妳為妾，那我告訴妳，門兒都沒有，赫連大哥只會擁有我一個妻子，其餘來路不明的女人，一個也甭想與我平起平坐！」

白綺繡好不容易穩住暈眩感，便聽陸寶珠冷哼續道：「我更不可能容忍由妳們這種女人肚子生出的雜種，與我的孩子們互稱兄弟。」

白綺繡不回嘴，任由陸寶珠罵。陸寶珠莫須有的指責，讓她想笑，她從不曾想成為赫連瑤華的妾，她與他……根本不可能成為愛侶，兩人之間的身分如此衝突，她不會愛上他，也不能愛上他。

而赫連瑤華又豈會真心對待一名小小婢女?他可是早已訂下了婚約，數年後便要迎娶過門，一個金枝玉葉的丞相孫女……

她對於此刻跪在這兒，挨了幾個巴掌，就為一個她永遠無法覬覦的男人，感到荒謬想笑——

「所以妳最好識趣些，自個兒滾出赫連府，否則等我嫁進來，頭一個就先處置妳!」陸寶珠看見白綺繡的笑容，好淺，好淡，那朵笑花仍是清晰地綻放於她輕揚的唇畔，陸寶珠視其為挑釁，一把怒火燒旺，纖手拍桌，憤然起身，一個箭步便衝出小亭，結結實實打散教人生氣的清妍笑靨。

啪!

「妳這笑是什麼意思?!輕蔑?無視?或是不將我放在眼裡?!妳仗恃現在深受寵愛而驕傲至廝!銀月!取我的馬鞭來，我今天非得好好教訓這個不知廉恥的賤婢!」狠狠抽她幾鞭，她才知道害怕，哼!

「是!」銀月轉身要去取，撞見赫連瑤華面容森然而來，她不敢再走，囁嚅跪下請安，心虛低頭:「少爺……」

「是發生了什麼事，讓寶珠如此憤怒?」他睨覷跪著的白綺繡一眼，淡淡調開眼:「我府上婢女惹得寶珠不快?」

「赫連大哥。」陸寶珠氣焰稍減，恢復了一個十三歲少女該有的天真無邪，笑容也回來了，眉目神情柔美許多，仍是向他告狀：「赫連大哥，你瞧這無禮賤婢，仗勢你對她的一時寵愛，竟敢與我頂撞，如此桀驁難馴，我賞她幾巴掌，算是替你教她規矩。」

「寵愛？」赫連瑤華為這兩字而挑眉哂笑，彷彿它是多不可思議的字眼。「我何時寵愛她了？」

「可我聽說你與她——」

「不過是疏解慾望罷了，男人嘛。我允諾妳，一旦妳進門，我絕不會收房納妾，但妳年紀尚輕，這兩年內，總不可能要我完全過著和尚生活，嚴禁女色吧？」赫連瑤華笑得教陸寶珠臉紅，一方面也因為他赤裸裸的明示，閨女兒聽來哪能輕鬆自在？

「妳別太多心，吃些莫名飛醋，與區區小婢一般見識，還勞妳動手教訓她，豈不是打疼自個兒的手？以後再有這類事，教訓婢女就派周遭的人代勞，妳看，掌心都紅了。」赫連瑤華輕輕執起她的手，果然軟嫩掌心紅咚咚一片，他為她呼息，吁暖著她的手，陸寶珠臉紅一笑，連連點頭。

「看來，我會有一個醋罈子小妻子。」赫連瑤華取笑她。

陸寶珠又喜又羞，方才的怒火早已半點不存。赫連瑤華牽她的手，兩人回到小亭內，赫連瑤華扶她坐下，背對眾人，彷彿眼中只剩陸寶珠一人，口氣不疾不徐：

「德松，將人帶下去，她對寶珠的不敬，賞她幾鞭，並嚴禁她再出現於寶珠面前，省得寶珠看了不悅，膽敢違令，我絕不寬貸。」

德松抱拳揖身，攙起跪地的白綺繡，半拉半拖帶出璇璣園。

白綺繡不曾何時像此刻一樣，感到通體冰冷，若不是德松托穩她的臂膀，她根本站不直身。

綺繡，我沒有輕賤妳的意思，我只是想要妳留在我身旁，陪著我。我一直……都很寂寞。

我沒有輕賤妳的意思。

騙子！

謊言！

赫連瑤華就在方才，狠絕地戳破他自己編織的謊，他從頭到尾只當她是洩慾的女人，用以填補他娶妻之前的幾年空虛，她太傻！太笨！竟還為了他而心軟，遲遲不願下手傷他，就因為她誤以為他待她獨一無二，屢次縱容她的無禮……

不堪的事實，血淋淋被扯開，雖不見傷，卻痛到極致。

好痛！好痛！背上曾受的刀傷，也不及它一半的疼痛——

白綺繡冷靜的面具已經殘缺不全，她的淡泊、她的無謂，全都是用來欺騙人的，騙府中所有的人，也騙她自己……

「妳怎會跑進璇璣園去？不是交代過妳，別與寶珠小姐碰上嗎？」德松一直到將她拉離璇璣園相當相當遠的抄手遊廊，才放開她，她幾乎是癱坐在廊欄上，靠廊柱來支撐自己。

「幸好只是幾個巴掌，臉有些紅腫。」德松蹲下身，與她平視，她目光空洞，雖看著他，卻看不見他。

德松嘆息：「妳回房去休息吧，暫時別出來，工作不要做了，這幾日就待在房裡吧。」

「鞭子呢？」她終於開口，帶有嘲弄嗤笑，鼻眼卻逐漸發紅，嗓音沒有冰冷，只剩強壓下哽咽的顫抖：「我得罪未來少夫人該受的鞭打呢？」

「沒有鞭打。妳聽不出少爺的意思嗎？他是要我帶妳離開那裡。」

「我有長耳朵，我聽得一清二楚，他命令你鞭打我，你想違逆他的話嗎？你不怕受我連累？」白綺繡木然說道。

德松在她身邊廊欄坐下：「少爺若真要鞭打妳，討寶珠小姐歡心，當眾人面前處罰妳不是更具成效？何必浪費功夫命我將妳帶離璇璣園，更嚴禁妳出現在寶珠小姐眼前，避免再發生今日情況？妳不該誤解少爺的用心。」

下令禁止她進入陸寶珠視線範圍，也是一種捍衛。乍聞之下，是給白綺繡的嚴苛禁令，實則是給白綺繡光明正大避開陸寶珠的特赦令，日後無論誰再來喚她前去，她都可以拿這道命令來拒絕。

用心？

白綺繡茫然望著德松，彷彿這兩字聽來有多陌生。

「若寶珠小姐察覺少爺對妳的重視，妳今天不會只挨幾個耳摑子便罷，所以少爺不得不冷淡待妳。綺繡姑娘是聰明人，妳仔細去想，便會明白我的意思。我是嘴拙之人，不懂如何表達，但我看見的，就是如此。」寡言的德松，今日說得太多太多了。「好了，快把自己藏妥吧，別再讓少爺放下工作去解救妳。我認為……少爺他，並不是很喜歡應付寶珠小姐。」

言盡於此，德松沒多做停留，趕回赫連瑤華身邊，保護主子安全才是他的正務。

白綺繡呆坐廊下，良久良久……

她非常仔細去想，想德松的語意，想赫連瑤華的淡漠，想他連瞧都不願多瞧她一眼的無情，想他命令她不許出現在陸寶珠面前的用意——

這是一種保護嗎？

他在保護她？

若這般想，難道不會淪為自我安慰的自欺欺人嗎？

也許他的本意根本就不是德松或她所想的這樣？也許，赫連瑤華為了陸寶珠，確確實實要疏遠她，他命令德松賞她鞭子，亦是千真萬確，是德松一時心軟，放過了她……

她不想自作多情。

她不想……

白綺繡將臉孔深深埋入雙掌之間，思緒紛亂雜沓，擾得她難以平靜……

夜，逐漸降臨，月兒掩在雲後方，遮住澄黃色澤。

「情況如何？」

赫連瑤華身處僅燃單燭一枝的書齋，燭火被透窗而入的夜風吹拂得搖曳，倒映書牆上的頎長身影，亦隨之晃動，乍見之下，彷彿問著話的他，心境毫不止靜。

「臉上有幾個巴掌印，不算深，女孩子的力道不及男人，應該無礙。」德松清楚主子想問的是什麼。「不過，她將少爺的鞭打命令當真，所以……神情頗為落寞，甚至有些絕望。」

赫連瑤華隨手翻弄桌上書籍，沒有靜心閱讀的慾望。「……今夜，你把她帶離府去，先住客棧，明早，送她出城，去西京別院安頓。」

把白綺繡留在這裡太危險。

他無法確保時時都能適時搶救她，今日他只要再晚些到，她免不了會嚐到一頓皮肉痛。

最好的辦法便是送她往安全之處，不與陸寶珠起衝突——所謂衝突，純屬單方面。陸寶珠挾帶官吏兒孫的傲性，欺凌無依婢女，而她，只逆來順受，不是性情怯弱，他清楚，他的綺繡不是軟弱綿糖，她不想惹是生非，以為咬牙熬過了別人的為難便能息事寧人，但她似乎不懂，世上有些人，會在妳退讓一步時，得寸進尺再逼向前，非得要妳退無可退，至死方休。

她荏弱跪地，臉頰印有清楚掌痕的模樣，歷歷在目，他那時險些失控震怒，吼著叫陸寶珠滾出去——他的自制力告訴他，陸寶珠的家世，不值得他因白綺繡而開罪她身後龐大的官場利益，不值得！不值得！不值得！不值得！

他壓抑下來，在冷靜用罄之前，背過身不去看白綺繡，只要再一眼，他與陸丞相交惡便會成為事實。

「這樣不是擺明告訴寶珠小姐，綺繡姑娘的獨特？」才會急於送白綺繡出府，遠離危險人物陸寶珠。

「那又怎樣？」赫連瑤華豈會沒考量過德松指出的重點。之前遣走白綺繡，並命副管家派給她離正廳最遠的工作，逼自己不去見她，不讓陸寶珠察覺她的存在，為的就是要將她保護於戰局之外，怎知她仍是被陸寶珠差人找去?!他心急拋下手邊正事，趕至璇璣園，生怕遲了一步，便會永遠失去她——

這種恐懼，一次就夠了！

他要把她藏起來，藏在誰都不能擅動的地方。

「屬下立刻去請綺繡姑娘收拾行李。」

「行李不用，需要什麼，到時再買新的。」別浪費時間在打包衣物上頭，盡早離開，他也盡早安心。

「是。」德松第一次見到主子如此焦躁難安，甚至有些不顧後果的任性妄為，於是，他亦不敢稍有延遲，離開書齋，跑了婢女通鋪一趟。

印象中的赫連瑤華總是神色悠哉，泰山崩於前而面不改色，因為工於心計，他深諳情緒不外露的道理，他像隻笑面虎，吃人之前，仍是掛著滿臉無害微笑，鮮少像此刻，輕易地，讓人看穿他的不安。

德松更驚訝的是，赫連瑤華竟會捍衛白綺繡，一個之於他毫無助益的女人，讓他費神關注，這種情況從不曾發生過。若說赫連瑤華貪色，白綺繡勉強稱得上是清秀佳人，但距離「傾城美人」還差好大一截，無法以美貌迷得男人神魂顛倒，更遑論白綺繡完全沒有狐媚誘人的本領，她不討好赫連瑤華，不承歡求寵，她淡然得像置身事外，也淡然得像一抹白雲，不為赫連瑤華賞賜的東西而眉開眼笑，無論送至她手中的珠寶多珍稀，衣裳多高價，她的眼神不會因而變得燦亮高興，反倒總是赫連瑤華在寵溺她，討她歡心。

德松不認為白綺繡聽見少爺的出府安排，會開開心心接受。

果不其然，見他深夜到來而微露驚訝神情的白綺繡，聽完德松簡述來意，臉上浮現的，不是欣喜，不是連連應允，而是抗拒。

「我不是他豢養的女人，為何要躲藏起來？」她撇開的臉龐，仍存淡紅掌印。

「少爺擔心寶珠小姐為難妳。」

「我可以向寶珠小姐解釋，我絕對沒有野心，不曾妄想為妾，我不會更不敢同她爭些什麼。」

「女人的妒心，絕非三言兩語能化解，妳以為妳的保證，寶珠小姐會信幾分？」德松試圖說服她。

她短暫靜默，他以為她同意，便道：「東西不用收拾，人先平安離開，之後前往西京別院，再逐項採買。」

「我不走。」白綺繡表情柔美，但堅決。

「綺繡姑娘──」

「我不離開，我不走。」她又重申一遍。

她不能離開，留在這兒，才找得出時機刺殺赫連瑤華，這才是她的目的，若被送走，等於失去了機會……她不要走。白綺繡心中告訴自己，渴望留下的理由，只單純為了這一個，而選擇忽略心底深處浮上的另一道聲音，甚至反抗它、駁斥它，與它互嗆──

我並不是因為私心才賴著不走！不是！不是！

我沒有為了赫連瑤華而留下！不對！妳說的不對！

我沒有貪求他的體溫、他的擁抱、他的眼光而捨不得走！不是這樣的！

我是還沒達成娘親的交代，娘親她說，從赫連瑤華開始，那些害死爹的貪官，一個一個一個都不放過……

「綺繡姑娘，不要辜負少爺的苦心，他不希望妳有一絲一毫危險，等寶珠小姐離開，妳立刻就能再回來——」

「他能將我藏多久？他不是娶定了寶珠小姐嗎?!頭兩年能藏，寶珠小姐成為少夫人之後呢？我又被置於何地?!永遠留在西京別院，盼著一個有婦之夫的偶爾寵幸?!」這番話，來得迅速、來得任性，連她都很驚訝自己竟然用著……充滿妒意的口吻，反問德松。

德松似乎被問倒，少爺想如何安頓她，不在他這下人能置喙職權內，他只能奉命行事，少爺怎生交代，他便怎生辦，少爺並未提及兩年之後，迎寶珠小姐入門，白綺繡該做怎樣處置……

依他來看，寶珠小姐入府絕對會成定局，丞相女婿這身分，少爺算計多年，如今唾手可得，不可能放棄。然而，少爺對白綺繡的獨佔心，似乎不會因為娶妻而稍減。

真是難題呀……

「哼，賤婢竟膽敢奢想被金屋藏嬌?!」

冷冷輕哼為首，伴隨雜沓腳步護送而來的人海陣仗，陸寶珠嫌惡地踏進卑賤下人的通舖小園，她長髮披著，沒有貴重金飾點綴，連外裳都是胡亂披起一件了事，足見其匆匆趕來，她正巧聽見德松勸小賤人不要辜負赫連瑤華的苦心那句話——

幸好銀月偷偷跑來向她稟報，否則小賤人就給逃掉了！

赫連瑤華明明告訴她，他對小賤人沒有任何寵愛，若沒寵沒愛，怎會連夜派德松護送她離開，更打算暫時安頓在西京別院?!

現在謊言不攻自破了吧！這小賤人在赫連瑤華心目中，竟是如此重要！重要到非得藏起來保護好?!

「寶珠小姐?!」德松驚訝，沒忘記抱拳行禮，以及用身軀擋在白綺繡面前。

「你滾一邊去！」陸寶珠邊喝令邊動手，使勁推開德松，德松不敢還手，怕誤傷貴客，另一方面他亦不能退開，身後的白綺繡只要直接面對陸寶珠，絕對又會吃下悶虧。

德松人高馬大，擋住陸寶珠的視線，她一上火，以細馬鞭甩他一耳光，箭步繞過他，揪著白綺繡，把她從德松身後硬拖出來，纖手高高舉起，眼看就要重重落下——

德松顧不得尊卑，擒住陸寶珠的手腕，阻止了她。

「寶珠小姐，請手下留情。」

「我何必對個賤人留情?!我現在就活活抽死她，看她還能藏哪裡去！」陸寶珠使盡力氣，也無法將握鞭的手從德松五指間解救出來，任性跋扈尖嚷：「你馬上放開我，不然我連你一塊兒抽！」

「我家少爺命令我，毫髮無傷送綺繡姑娘出府，他的命令是我唯一需要遵從，請寶珠小姐見諒。」翻成陸寶珠能懂的語言就是：我只聽赫連瑤華的話，至於妳，抱歉了。

「你敢頂嘴?!」陸寶珠連試數回，仍是受他箝制，她越生氣了，朝左右呆佇的下人吼：「你們愣著做什麼?!給我好好教訓那個賤婢！」

陸寶珠帶來的人，全是些婢女丫鬟，一個一個上，自然不敵德松，但當她們以人海戰術圍攻而來，德松很難出手，特別是他手裡還拎著一隻不斷攻擊他的小母獅……

情況完全失控，德松被耙出好幾記爪子痕，有兩三條見了血，他看見幾名壯碩婢女朝白綺繡撲過去，不知道是誰發出了尖叫，更不知道是誰打中了誰巴掌，聲聲響亮，他心急要去護她，陸寶珠換到左手的馬鞭又朝他臉上揮舞而下——

直到某樣東西掉落地上，敲擊出清脆之音，才終止了這場混亂。

匡鏮匡鏮匡鏮……

它太清亮，教人無法忽視。

而它，銀光迸現，反照出燈籠投射的紅火，流洩在其間的寒芒，異常鋒利。

它，是白綺繡藏在身上那柄用來刺殺赫連瑤華的薄刃。

第七章

一柄薄若棉紙的小小匕首，引發的風暴可大可小。

若視它為女子防身用的護刃，只求自保，並無其他用處，自然便是小事。但若硬要扣下罪名，婢女身上藏刀，居心叵測，定是要尋找時機傷人，那麼，這柄薄刃，足以誅人九族。

陸寶珠當然不會讓它輕輕被粉飾掉。

「說！妳是不是心懷不軌，準備刺殺赫連大哥?!妳潛進府裡，目的便是如此，妳最好老實坦誠，誰派妳來做這種事?!」身在官家，見多了排場，陸寶珠學起辦案倒有三分皮毛，其中恫嚇人的官威最有模有樣，沒有驚堂木，軟嫩掌心也能拍出重重巨響。

「綺繡姑娘若有心刺殺少爺，她有太多次機會與少爺獨處，卻不見她動手，可見她絕對不是帶有意圖——」德松雙頰慘兮兮，五爪加五爪再五爪，整張臉幾乎快媲美老虎斑紋。

陸寶珠稚嫩芙顏上填滿輕蔑：「既然不是要刺殺赫連大哥，那麼，目標難不成是我嗎？因為嫉妒我將成為赫連府的少夫人，於是，藏了柄匕首，要找時機對付我？只要沒了我，妳便有麻雀變鳳凰的機會，坐上少夫人位置?!」

這罪名，扣得恁重，一旦成立，白綺繡定被處以極刑。

搶在德松開口之前，白綺繡終於輕啟粉唇，堅定回道：「綺繡絕無此心。」她否認了傷害陸寶珠的指控，卻對刺殺赫連瑤華一事隻字不語。

「那麼妳藏柄匕首做什麼?!我從沒聽說過，當個婢女得隨身帶刀。」陸寶珠不信她狡辯，而白綺繡亦沒有回答，她冷冷一笑：「看來，不嚴刑拷打，妳是不會招了。」一人的賤性，不嚐苦頭，不懂折腰求饒。

「綺繡姑娘是少爺的人，要責罰也該由少爺來！」德松捍衛她。

陸寶珠瞪向德松：「平時沒見你吭半聲，今天話怎這麼多?!」她嬌蠻斥罵，纖手間，馬鞭甩得咻咻作響，這鞭又短又細，使起來省勁，抽在身上的瞬間，雖不至於皮開肉綻，但凜冽的劇烈疼痛絕對免不了，她最愛用它教訓頑劣奴僕，既能不鬧出人命，又能讓人哇哇叫痛。

陸寶珠罵聲甫歇，小馬鞭已經迅速抽向白綺繡右手臂。

「還不快說是誰指使妳混進府裡?!目的又是什麼?!說！」一鞭接一鞭，如驟雨傾落，幾乎全落在挺身護她的德松背上，幸好陸寶珠是個嫩娃兒，力勁不過如此，抽不疼皮厚肉硬的練家子。

「你滾開啦！」鞭鞭打不著小賤婢，陸寶珠氣得直跳腳。

「德松，你別只顧著我，你會受傷的——」白綺繡不願德松因她之故，白白受人鞭笞。

德松沒吭聲，眼神在說：**挨她鞭子總比挨少爺鞭子好**。若他讓白綺繡受傷，少爺不會輕饒他。

「住手。」

赫連瑤華寒聲制止。

馬鞭在半空中乍然止住，瞬間鴉雀無聲的死寂，只聞赫連瑤華步來的跫音。

深夜裡，燈火黯淡，樹蔭的暗影籠罩在赫連瑤華周身，一抹猙獰嵌在深邃五官間，瞇細黑眸內，一簇怒火燃燒。

「赫連大哥！」陸寶珠立刻迎上前，一如今早在璇璣園小亭裡露出甜美笑靨，要向赫連瑤華告狀白綺繡藏有薄刃一事，她相信就算不用加油添醋，赫連瑤華也會對於居心叵測的白綺繡感到嫌惡與震怒。「你聽我說！這個賤婢身上竟然挾帶危險的薄匕首，她一定是想對你不利，赫連大哥，你不要被她柔弱的假皮相給騙了！快點命人將她押起來，再好好審問她！」

「是誰給妳這麼大的權力處置我赫連瑤華的人？」他卻不似白日與她共處時的

和藹可親，那時縱容寵溺的溫柔，像是一場虛假幻夢，而此時此刻面容冰冷，才是原原本本的他。

陸寶珠被問怔了，應該說，她被嚇傻了，打從住進赫連府邸開始，赫連瑤華不曾給她臉色看，別提是板起面孔，他連皺眉不悅都沒有過，他讓她以為他很寵她，對她言聽計從、對她百依百順，現在看來，她似乎弄錯了……

是她太高估自己的重量，抑或，太低估赫連瑤華對白綺繡的重視？

「赫連大哥……我——」陸寶珠囁嚅。明明赫連瑤華並未怒聲斥喝，他只是淡然輕吐，語調平平，卻令人不由自主害怕。

「立刻回璇璣園，收拾妳的東西，帶著所有陸府人馬，滾出赫連府。」仍是那般平述的口吻，像在吩咐下人上杯熱茶一樣的漠然。

「你……你說什麼？」陸寶珠聽得一清二楚，但她不相信自己耳朵聽見的那些。怎可能……赫連瑤華怎可能對丞相孫女的她，說出如此無禮之語?!

他用眼神告訴她，妳方才聽見的，便是我說的，我不會重複第二回。

而在場所有人瞠目結舌的錯愕，也讓陸寶珠肯定那番話，不只僅僅她一人聽見的錯覺。

陸寶珠惱羞成怒，指向白綺繡，尖叫吼著：「為什麼?!犯錯的人是她！心懷不軌的人是她！拉拉扯扯間，從身上掉出一柄鋒利匕首的人是她，為什麼被趕出府的人是我?!」不合理！不公平！她不接受這種侮辱人的對待！

赫連瑤華恍若未聞，又是淡淡說道：「順便轉告陸丞相，這樁婚事，恕我高攀不上，請他另謀佳婿。」

這對陸寶珠無疑是第二道晴天霹靂。自她十歲起，爺爺便常常跟她說，她已有一名未婚夫婿，他便是她將來要嫁的男人。她見過他幾回，雖然都遠遠躲於簾後，可他的模樣、神態，早就深深烙印在小小少女芳心，今天他竟——

「赫連瑤華！你怎能說這種話?!你答應過要娶我！你以為說退婚就退婚嗎?!教我們陸家面子往哪擺?!」陸寶珠忿忿揪緊他的袍袖，嫩花一樣的小臉微微泛白，眼眶裡蓄起難堪淚花：「你拿什麼理由跟我爺爺說?!你憑哪一點做下這麼不負責任的決定?!」

赫連瑤華不理會袍袖仍被她絞著，他繼續向前邁步，嬌小陸寶珠死不鬆手，只能被他拖著走。

他在白綺繡身旁停下，動手攙扶她，她眸裡填滿困惑，她看見震怒的男人，看見一個既憤怒，又眉目溫柔的矛盾男人……

她來不及做出任何反應，身子被他擒擁在懷裡，臉頰緊貼於他胸前，他的心跳，強而有力，她聽著，近乎失神聽著，直到心跳聲之中，緩慢加入了他說話的聲音，同樣沉穩，卻挾帶些許冰冷，而那些話，是說給陸寶珠聽。

「就憑妳無禮鞭打赫連府的少夫人。我認為，我已經相當給陸丞相面子。」當中「少夫人」三字，他輕軟說道，目光落向表情傻怔的白綺繡，便不肯再挪開。

「少夫人?!」分不清在場是誰先發出了驚呼，驚呼之後的死寂，顯得更加詭譎，一片靜默之中，白綺繡細若蚊蚋的疑問，變得清晰無比。

「你胡說什麼……」白綺繡難以置信望著他，可環在腰際的臂膀不鬆反緊，赫連瑤華微笑，因她的憨傻可愛而眸光放暖。

最原先，只是出自一股憤怒，他存心要懲罰陸寶珠的任性妄為，尤其是見她蠻橫無情，不停舞動馬鞭，將人當畜牲打——這種情景，他並非不曾見過，更甚至於，他也曾是命令別人揮動長鞭鞭笞罪犯之人，嚴刑拷打、凌遲燒烙，他可以面不改色看完別人受刑。但就在方才，他才知道自己的忍耐力少得多可憐，僅只看到白綺繡右手臂挨了一鞭，他的冷靜盡數潰散，直接叫陸寶珠滾出去！

退婚的話一出，他非但沒有半絲後悔，亦不對「丞相孫婿」這身分感到惋惜，他比自己想像中更不在乎這步飛黃騰達的棋子。

當初信誓旦旦認定自己不會為了白綺繡而與陸寶珠撕破臉的篤定，此刻想來，倒很想恥笑自己那時「不會」兩字，說得太滿。

而「少夫人」三字，真的就是衝動了。

他的婚姻，他早已決定拿它來當手段，他不會風花雪月地存有愚蠢幻夢，想娶個自己深愛的女人為妻。愛情不如權勢來得甜美迷人，他是需要一個妻，一個帶來利益的妻，美貌如何、賢慧與否、脾氣好壞，他全都無所謂。

白綺繡，一個婢女，一個無權無勢、非富非貴的小小婢女，要與家世顯赫的陸寶珠相較，等於是小野花比大牡丹，偏偏這朵白色小野花，清雅芬芳，不要人細心呵護，給它灌溉過度營養的肥水，反而會扼殺它，它只要有雨露滋養，便能開得燦爛。它很小，花瓣如飛雪，那又如何？它仍是伸展著它的美，僅屬於它自己，不跟誰拚個高下。

眼高於頂的赫連瑤華，這輩子不應該有機會發現開在腳邊的小白花，他的眼，只看得到園子裡最美最豔的碩大牡丹，本該如此，怎料到，一次的低首，他瞧見了它，嗅了它的香，擷取了它的美，之後，它讓他魂牽夢縈，眷著素潔的白，戀著馥淡的香，再也忘不掉它。

若她成為他的妻……真是個教人心情愉悅的想法，他一點都不排斥。他真驚訝，他甚至為此念頭而露出了微笑。

「赫連夫人。」他輕笑呢喃。這四字，多適合她，他的小白花。

白綺繡的眼神，像在控訴他瘋了！

他笑容加深，長指滑過她薄嫩粉頰，重複了一遍，這一回，他不是輕喃，而是揚聲宣告，對她，對陸寶珠，對府裡所有所有的人，說道：「綺繡，嫁我為妻，當我的赫連夫人吧。」

❁

小婢女出頭天？
雀兒變鳳凰？
少爺您傻了？
還是高燒沒退？

❁

該用哪一句來形容目前混亂的情況呢？
白綺繡頭好痛，手裡那杯茶早已變涼，她卻沒有好心情趁熱去品賞它的醇香，她望向眼前那個笑容可掬的男人——他在前不久的剛才，眾目睽睽下，向她求親。
他說，要她嫁他為妻。
是妻，而非妾。
陸寶珠那時哇的一聲，號啕大哭，不及他那句話出口時的震天價響。
她本能輕嘆，與赫連瑤華目光交會。
「綺繡，妳還沒說『好』。」基本上，他也不給她說「不要」的機會。
這個男人，始終沒有追問那柄薄刃的出現，是他忘了，抑或他當它是微不足道的小事，不值一提？

❁

白綺繡被他牽著柔荑，領往書齋時，以為薄刃之事，免不了一頓逼問，她一路忐忑，用混沌的思緒想著該如何自圓其說，怎知，進了書齋，他哄她坐，為她斟茶，取藥塗抹她淺淺鞭痕，搭配上一臉期待她點頭如搗蒜的水漾溫柔，在在都教白綺繡無言以對。

她不喜歡他對她這麼好。

他應該維持在璇璣園的狠決無情，說著「**我何時寵愛她了？**」；說著「**不過是疏解慾望罷了**」；說著「**賞她幾鞭，並嚴禁她再出現於寶珠面前，省得寶珠看了不悅，膽敢違令，我絕不寬貸**」……這樣她才能光明正大恨他，把他當成世上最惡劣卑鄙之人，把他當成玩弄人心的無恥之徒——

雖然面對那樣的他，她的心，彷彿被撕裂般疼痛，再三告誡自己不許為之落淚，淚水仍是不聽使喚奪眶而出，那時她便坐在抄手遊廊的矮欄上，垂首低泣，像極了幽怨棄婦，因為失去眷愛而痛哭。

眷愛？

愛？

「綺繡？」他久候不到她的回答，輕聲催促。

她緩緩一吁：「奴婢以為少爺是在說笑……以為少爺是想利用奴婢來解除與寶珠小姐的婚約……是不是有另一門更好的親事在等少爺點頭呢？」這是她唯一能猜

測到的合理理由，比丞相孫女還要尊貴的身分，難不成是皇親國戚？

赫連瑤華正色端坐，將她轉面朝向他，她被迫與他四目相交。

「我不是在說笑，沒有利用妳，更沒有另一門親事等我——也不能說沒有，只是那門親事，等著要點頭的人，是妳。」

她先是沉默，後又迷惑：「為什麼？」她問他。

為什麼是她？

為什麼不是陸寶珠？

為什麼不是其他官家嬌嬌女？

「我也很想問自己，『為什麼』。」赫連瑤華模仿她憨憨的可愛神情，故意偏著腦袋，自問自答：「一個丞相孫女不要，竟然想要個婢女，而且完全沒考慮敷衍衍給她一個『妾』的身分就好，到底為什麼呢？綺繡，妳知道答案嗎？」擺明就是明知故問，要引她親口說出來。

一瞬間，答案險些脫口而出。

愛。

無視身分、財富、利益，那些金玉浮華都不列入考慮，也不樂見她委曲求全，當個無名侍妾，他要她名正言順站在他身邊，以「赫連夫人」之名。

除了愛，還有什麼其他原由呢？

她好開心，胸口暖烘烘又激烈震盪著，同時，強烈的悲哀亦隨之湧來，幾乎湮沒她，被愛的幸福，就像是水面上的泡沫，七彩絢爛，卻脆弱無比。

為何是他？為何是他，逼殺她一家五口的共犯？命運的作弄總是如此荒謬無情嗎？讓他愛上她，她卻不能愛他。

「我配不上你……我只是個婢。」她乾澀地說。

「我不在乎……真可笑，我竟然也有說出這種話的時候。」他自嘲。老是勢利擺第一的他，難以置信自己的轉變。

「為我得罪陸丞相，不值得，我不是……那麼值得你拋開所有的女人。」別娶她，她包藏禍心，她是帶著惡意來的，她要殺他呀！

別愛她，別待她好，別讓她覺得自己擁有幸福，別使她動搖，別害她畏縮，別把情況攪得更混亂……

白綺繡噍噍唾，潤潤啞澀的喉，才再道：「你對我不了解，我的家世、我的來歷、我的親人、我遭遇過的事，我的一切一切，你完全不明白……你根本不知道我是怎樣的人……」

赫連瑤華握了握她冰冷柔荑，拽覆在自己掌心之間。「綺繡，關於妳的一切，我會慢慢認識、了解，我有一輩子時間，弄懂我妻子喜愛的食物、喜愛的口味，她喜歡哪款顏色的衣裳？喜歡絲料？棉料？她愛讀書嗎？喜歡哪一類的？她最害怕什麼？蜚蠊？毛蟲？蜈蚣？蜘蛛？她是不是很愛嘮叨？她會不會河東獅吼？她會不會根本就是隻披著羊皮的狼，又凶，又惡霸，又愛欺負人……」

語尾，消失在他傾身向前，深深糾纏的四唇間。

他低訴愛語，以無聲的方式，哺餵著蜜一般的甜甜呢喃。

她沒有任何掙扎，任由他嵌抱於懷，任由他吻得深入，她非但沒有反抗，更在他哄誘之下，顫顫回應了他。

一輩子……多奢侈的三個字呀。

他跟她，不會有一輩子。現在，顯得格外珍貴。

如果「現在」是她唯一能帶走的記憶，那麼，請容她放縱一回，暫時拋棄對他的恨、忘卻娘親的交代，此時此刻，他單純是個男人，而她是個女人，彼此間的吸引不夾雜任何恩怨。

白綺繡抬起雙手，攀附在他肩膀上，將兩人距離拉得更近、更緊密，這是她頭一次的主動，教赫連瑤華欣喜若狂。

他知道她性子淡若水，亦不習慣與他親密纏綿，每回他都覺得自己像個辣手摧花的登徒子，欺她青澀生嫩，那樣的誘惑，已夠讓人瘋狂，卻不及她此時舒展纖臂，擁抱他來得更魅人！

赫連瑤華加深了吻，並且不滿足於親吻而已，他要更多更多，要她芬馥軟綿的嬌軀，要她的燃燒，要她的沉淪，要她的依靠，要她的情不自禁，要她的……愛。

褪盡的衣裳，散落一地，探索的雙手，游移彼此身上，他吻出一朵一朵的鮮豔紅花，花似火，炙熱狂燃，映襯她一身櫻色淡粉的絕美，而她，一反前幾回默默忍受般的柔順承歡，變成像隻被逗弄後而發怒的貓兒，爪子深深陷入他結實臂膀，留下或深或淺的痕跡，甚至當他折磨人似地融入她甜美身子內，小嘴咬住他的肩，微不足道的噬痛，引發了另一波激情震顫，他喉頭滾出了沉笑，也滾出了低吼，不再虛耗一刻千金的春宵，展開淋漓盡致的歡好律動。

貪婪不已的男人，傾開所有的女人，在書齋間小小椅榻上，燃燒熱情。

赫連瑤華趁她迷亂嬌憨之際，哄著要她點頭，應允他的求親，他吻著她柔軟鬢髮時說了一遍，吻著她濕潤眼角時再說了一遍，吻著她輕喘紅唇時，仍說了一遍

「綺繡，點頭，說好。」

惡魔撒下甜餌，嗓音如糖一般。

他耐心十足，沒得到滿意答覆之前，他可以慢慢來……

「乖女孩，我知道妳愛我，妳的眼神……妳的身體……妳的神情……妳的每一根髮，都在說愛我，是吧，綺繡，所以妳沒有拒絕的理由，對吧。」

「……」她想反駁，卻只能發出一聲一聲柔媚呻吟，他好故意用彼此交纏緊貼

的身軀，騷擾她、迷眩她。

她沒有愛他！沒有！沒有！沒有！……

別說這種話……別在她耳邊輕輕柔柔說出這種指控她的話——不實的指控。

她沒有將眼神膠著在他身上，她沒有眷戀他的體溫，她的身體沒有牢牢記得他對她所做的所有事，她沒有……愛他。

但，有人背叛了她。

哭泣般的嬌吟，從她喉間深處，傾洩而出，當中夾雜了不該有的允諾。

「好……」

待她意識到自己的唇瓣說出了什麼時，已經來不及，達到目的的赫連瑤華毋需再忍，他完全放縱慾望，孟浪地沉埋在她既甜又軟的芬馥間，感受與她緊密不分的交融。他愛極了這樣，不僅只是肉體性慾的滿足，還有更多的互取溫暖，以及看見另一面的她。

她雙鬢被汗水濕濡，粉腮紅豔豔，長睫顫著閉著，發出可愛的嚶嚀，在他身下無助攀附的可憐模樣，多教人想要再好好疼愛她一些——

「赫連夫人。」他戲謔地這般喊她，玩笑口吻中，又帶了滿足喟嘆。

白綺繡，半個月後，成為貨真價實的赫連夫人。

第八章

那是白綺繡不願意回想的過去。

它已是漫長的六年前，對她，卻只是像昨天甫發生的事。

嫁予赫連瑤華幾近一年，離世五年，直至甦醒過來的現在，虛白了多少日子，她的記憶，仍然停留於「赫連夫人」那一段。

白綺繡倦懶坐在靠窗小椅上，腕上自殘劃開的傷口完全不存在，只剩赫連瑤華大驚小怪取來各式藥膏，非得替她塗上的一抹淡綠，仍盤踞蒼白膚上。

從沒想過，世上竟有金絲蠱這種東西，如此不可思議，如此的……教人求死不能。

神奇的澄金色小蟲，花費數年，才在她體內孵化，死人的體溫本不該能孕育出金絲蠱，但無法否認的，牠確實藏於她血肉之間，理由為何？誰都不能給個答案，她可以感覺到牠正努力縫補這具傷痕累累的身軀，在尚未痊癒的腑臟間，吐著絲線……

「別救我，拜託，別救我……」她傻氣地低首，想與牠對談，希望牠能聽見她的哀求：「不要再逼我去過那種矛盾日子，我不要，我會瘋掉……」

牠聽不懂，在她心口微微蠕動著。

白綺繡頹然嘆息，又無能為力。

赫連瑤華求她活下來的念頭，竟然堅定至此……

赫連瑤華……他看起來和她印象中的模樣不太相似，他變得削瘦，臉色奇差，淡淡鐵青、淡淡慘白、淡淡透著病態，以往的意氣風發呢？以往的佞美輕佻呢？

她的死，帶給他如此重大打擊嗎？

還無法行走的她，一整個早上便是坐在窗邊不動，四肢的疼軟刺痛日漸舒緩，不像前幾日完全使不上力，走路用膳或其他所有事都必須假他人之手——那個「他人」，除赫連瑤華外，不做第二人想。

他每件事都要親力親為，餵飯餵藥，抱她去曬曬暖陽，甚至是沐浴更衣拭髮……無論她板起多無動於衷的冷硬臉孔，也嚇退不了他，他依舊用著她記憶中寵溺人的神情，耐心哄她逗她。

成為他妻子的數月之間，她確實相當驚訝，赫連瑤華不似一般權勢在握的官吏，三天一妻五天一妾爭相進門，更沒有因為得到她，便失了最初的興致，他真的待她很好……或許「好」字仍不足以形容她所受到的專寵。

物質上的供應姑且不論，他用心、他關懷、他在意、他體貼、他從不管自己回府時有多累多倦，都會先回房，看看她、抱抱她，或是撒嬌似地磨蹭磨蹭她的臉頰，與她話家常；他不將脾氣帶進房，無論前一刻在門外如何冷顏訓斥下人，來到她面前，永遠掛著輕笑，不會遷怒無辜的她。

但她仍是覺得痛苦，在他身邊，她好難受，幾乎快要窒息，他的溫柔，像在指控她的居心不良；他的癡心，變成一條佈滿荊棘的鞭，抽打她的意志……

他越是疼她、愛她，她卻越不快樂，鬱鬱寡歡模樣，完全不像一個倍受愛情滋潤的女人，她逐漸枯萎凋零。

她明明就逃掉了，從這樣的窘境裡永遠逃開，她不用再面對赫連瑤華，結果，命運仍是不放過她，非得要她再經歷一遍折磨。

「少夫人，外頭起風了，您待在窗邊冷，要不要扶您回床上躺躺？」

一名眼熟丫鬟，堆滿甜美笑靨，手端補湯進房。

怎不是赫連瑤華呢？白綺繡頗為愕然。

「妳……」白綺繡盯著丫鬟瞧。

「少夫人，我是宛蓉呀。」

「宛蓉？」難怪有股好熟悉的感覺。當年年方十五的小女孩長大了、漂亮了，稚氣的豐腴消失不見，取而代之是鮮花初綻的嬌俏，變化好大。眉目間染著淡淡愁緒的白綺繡也不由得驚喜淺笑：「宛蓉，妳變好多，變得美麗秀緻呢。」彷彿昨日才見宛蓉荳蔻年華地在眼前，今日突然小丫頭變成大美人，好沒有真實感，如夢一般。

她記得宛蓉比她小兩歲，現在看上去，年紀輕的人反而像是她。

她的生命，停了五年，滯留在十八歲那年，宛蓉卻充實過著每一天，並未歇下腳步。

「宛蓉原本還好擔心少夫人不記得我。」宛蓉在她椅畔停下，補湯先擱置一旁小几上，再動手虛掩窗扇。她蹲低身，方便與白綺繡平視，笑著解釋自己出現於此的原因：「玲兒太年輕，手腳不夠伶俐，少爺不放心，便吩咐我，日後貼身伺候少夫人。」

白綺繡點點頭，表示明白。

「不過少夫人安心，這不代表少爺把您完全交給我，只有他忙不過來時，宛蓉才有資格餵少夫人喝藥呢。」宛蓉好似洞悉白綺繡眸裡一閃而逝的落寞猜疑——以為赫連瑤華被她連日來的冷漠激怒，不願再來受她的氣，便安排丫鬟來取代他——連忙補上這句話。

白綺繡只是抿抿唇，沒應聲，不做任何反應，藉以掩蓋被看穿的窘態。

「少夫人能復活重生，宛蓉好開心，真的。」宛蓉不知她與赫連瑤華之間的衝突氛圍，先前傳出少夫人割腕自殺定也是謠傳，瞧少夫人雙腕上哪有傷勢，不知是哪個混蛋扯出如此離譜的謊。宛蓉真心誠意道，笑得雙眸隱隱含淚。

「宛蓉……」白綺繡動容著。

宛蓉拭去眼角淚水，露出笑：「但最開心的人，非少爺莫屬，他盼了好久好久呢。看著之前少爺的辛苦，好替他煩惱，府裡人都說少爺瘋掉了，我也曾這般以為……」她端起藥碗，舀湯，仔細吹涼，再遞至白綺繡唇畔。平時換成赫連瑤華哄她喝藥，她不會順遂他的心意，立即會撇開螓首，消極地與他對抗，現在餵藥的人是宛蓉，她自然不可能為難她，便乖乖張嘴，將藥飲下。

宛蓉又說：「您死去那一天開始，少爺近乎癲狂，先是抱緊您的屍……身軀，不允任何人靠過去，他滴水不進，就只是喊著您的名，像是要喚醒您，管事和德松都擔心他會撐不住，試圖用蠻力壓制少爺，逼他放開您，更希望少爺能放過他自己……結果兩人挨了少爺好多個巴掌，德松還險些被少爺咬下一塊膀子肉，總算是劈暈他。可惜這並非長久之計，少爺隔日醒來，情況依舊——不，是變本加厲，不知他是給德松劈傻了，抑或昏迷時夢見了神仙給的開悟，他突然找來幾十位名醫，喝令他們調製保存屍身的藥方……」

白綺繡不想聽見這些。

她寧可無知，不去聽聞赫連瑤華在那段日子裡做了什麼、說了什麼……

她怕自己若聽了，便會心軟。

但她來不及阻止宛蓉說下去，加上舀滿湯藥的調羹正巧餵進她嘴裡，截斷她開口時機。

「少爺他呀……不管眾人說什麼，他聽不進勸，一意孤行，全天下恐怕只剩他，還抱持希望，認定您會醒來。所以屋裡擺設，他不給人動，照常命人為您裁製新衣、嵌製珠花、梳盤髮髻，所有送進房裡的膳食，一定都要雙人份，即使您無法進食，也絕對不准漏您一份，就如同您仍活著時一樣。少爺那模樣，教旁人看了鼻酸。百花盛開時節，他會抱起您，去園圃，去涼亭，去櫻花樹下，去望月池畔，賞著繁花，遠遠便能聽見他對您說話的輕聲細語；夏季滿池荷花綻放，他會吩咐人駕著小舟，與您穿梭荷花蓮葉間……這五年來，少爺做出好多駭人的事，只要哪裡傳來有長生不死的妙方或奇人，他便不辭辛勞往哪兒去找，尋回的藥丹──」

「宛蓉，別說了，別說了……」白綺繡幾乎要捂住雙耳，發出哀求。她不要聽……

「也是。那些說了沒有意義，現在少夫人甦醒過來，少爺所做的都有了收穫，再如何辛苦，都能忘懷了吧。」宛蓉以為白綺繡是不捨聽見赫連瑤華為她而嚐盡的苦痛折磨，便識趣噤口，點到為止。

餵完藥，宛蓉要扶她回床躺下，她搖首，仍想坐在窗畔，宛蓉只能依她，不過宛蓉也沒有閒著，取來玉篦，為她梳頭綰髮。

白綺繡目光遠眺窗外，意識漫遊飄離，宛蓉方才的話，教她內心翻騰，她可以想像，赫連瑤華發狂的模樣、赫連瑤華失控的模樣、赫連瑤華傷心的模樣、赫連瑤華抱緊失去氣息的她，嘶吼著她姓名的痛苦模樣，她甚至彷彿能聽見他撕心裂肺的咆哮、聽見他茫然無助地求她別死、聽見他明明是孤獨一人，卻仍摟抱她，薄唇抵在她耳畔，幽幽訴說情話的自欺欺人……

她並沒有心思去注意到赫連瑤華進了房，接手宛蓉的梳髮工作，手腳輕柔地將她及腰青絲一綹一綹梳順，他沒出聲擾她，不想破壞此時的靜美安詳，自從她醒來，待他的態度冰冷無比，應該知道他已查出她的身分，她也毋需再隱藏恨意，她不再對他笑，不再給予他往昔的溫柔。

「宛蓉，能不能麻煩妳……替我去一個地方？」她以為宛蓉仍在身後：「青龍街十巷最末，有戶白姓人家，我想知道他們的近況……」

五年了，她娘親及兄弟……變得如何？平安嗎？

「他們在青龍街的小市集裡，搭起小小粥攤，賣起三五樣粥品，生意不差，還算過得小康。」開口的是赫連瑤華。

白綺繡倏然回頭，秀眉一蹙，抿著唇，又撇頭不理他。

這些日子，她待他的態度便是如此，赫連瑤華興許已是習慣了，毫不以為意。

「自從妳死去的消息傳出去，妳娘親似乎頗受打擊，她自責是自己逼死了妳，仇恨讓她失去女兒，她無法再承受親人離世之痛，寧願捨棄仇恨，也只希望保全僅存的白家兩子。現在賣粥生活雖平淡，至少妳兄長願意振作幫忙，即便雙腿不良於行，雙手已逐日恢復氣力，舀粥熬粥不成問題。」由她口中得知「白書亭」這姓名時，他便展開探查，將關於白書亭家眷的下落查個清楚。他知道，她會非常渴望聽見關於白家人的現況，果然，她默默聽著，沒作聲，沒有打斷他。

娘……

她好想去看看娘和哥哥弟弟……

他們真的如他所言，生活平平靜靜，無怨無忮了嗎？

娘親佈滿血絲的雙眼，紅得像蘊染了恨火，彷若昨日才聽見娘親憤懣抓緊她的手臂，要她盡快殺掉赫連瑤華，清晰震耳，她無法將赫連瑤華的話信以為真。

曾是那般深沉的仇恨，有可能因她之死，而煙消雲散？

五年裡，變化太大，大得她無法適應。

「妳若想見他們，我帶妳回去。」赫連瑤華攏順她綢緞一般的細髮，玉篦擱回小几，他聲軟如絮，輕道。

「……不用你假慈悲，我的家人不會樂於見到你。」她逼自己無情回應。

「綺繡，白書亭並非我所殺，妳恨我恨得沒有道理。」他嘆息，要與她好好談開疙瘩。

「我爹並非你親手所殺，你卻避不掉『共犯』的罪名……你和那些位高權重的『官』們，悠哉品茗，談笑風生，戲謔商討著如何踢除擋路石，說著白書亭不懂禮數、不明白做人道理，欲除之而後快……你竟然還有臉跟我說『綺繡，白書亭並非我所殺，妳恨我恨得沒有道理』？」白綺繡本想冰冷回他，卻忍不住句句逼近的顫抖。

擱在膝上的雙手沒有足夠力量能掄握起拳頭，狠狠搥打他，她的柔荑只能慄若秋風落葉，顫動著……

「你敢說，你不曾動口附和過他們一句？你敢說，你心裡曾有抱持一絲絲與他們相反的善良念頭？你敢說，你發自內心同情可憐過白書亭這名勢微的無辜清官？你敢說，你夜裡後悔過害他死於非命嗎?!」她咬牙，淚水淌滿雙腮。

他不敢說。

她的指控，字字皆真，沒有任何一句是強扣上的誣詆。

他曾經，與一群企圖殺盡白家人的「官」，一邊說，一邊笑，一邊輕佻地決定了她爹親的生死。

擋路的石，一腳踢開便是，何必浪費時間去搬動它。

脫口的話，猶如覆水，再難收回，尤其，它代表的涵義，是奪去活生生的性命一條，他沒有補救機會，她恨他……她真真切切恨著他……她不會原諒他了……

口舌伶俐的赫連瑤華，竟也辭窮，辯無可辯。

「後悔救活我了嗎？」她嘲諷一笑，淚水卻讓她的笑，變得苦澀。她曾留給他無知的幸福，是他的執著，撕破了幸福假象，才會挖掘出醜陋面容。若五年前她便死去，這個祕密便能永遠陪伴她，而他，就不會面臨今日無言的窘境，不會知道，他的愛情，給得分毫不值。

「我不後悔。」

「你為什麼不後悔?!」白綺繡使出最大，也是最微弱的氣力，傾身撲打他的胸口，每一次高舉雙臂都帶來扯緊的劇痛，每一寸肌膚、每一方筋脈都疼，仍遠遠不及她心中之痛。「你該要後悔自己的冷血無情！要後悔自己的助紂為虐！要後悔自己做過的每一件錯事！」

「綺繡！」他制止她，怕她會弄傷她自己。

「我恨你！我恨你！我恨你……」被他箝進雙臂裡的白綺繡依舊在掙扎蠕動，她想逃離他遠遠的，身子卻背叛她的意識，無法動彈，只能軟癱於他懷中，渾身所有力量僅能用於吐納吸氣，她喘吁吁哭喃：「你讓我好痛苦……好茫然……好迷惑……赫連瑤華，放過我，不要對我好……不要愛我……我不想殺你，不要給我機會……不要給我再一次的機會……」

末了幾句，含糊不清，連她都快聽不明白自己說了什麼，赫連瑤華因為將她按於肩窩，又低首深埋在她髮間，輕而易舉地，把字裡行間的掙扎聽得仔仔細細。

「只要妳重回我身邊，就算妳想殺我，我也願意。」這再一次的機會，是他千求萬求才得來，他謝天，感激得無以復加，即便他知道了她曾是為何而來，他亦不改初衷，她因仇恨才接近他，那麼，她的仇恨，他甘之如飴。

白綺繡哭泣顫抖，更因恐懼而顫抖。

她想起了那一回……唯一的一回，她下毒殺他的記憶，會再重演嗎？

會嗎？

她好怕……她好怕那個自己。

那個明明成為他的妻，允諾與他相互扶持，牽手共度的白綺繡，竟親手在他的參茶裡，添入致命毒粉，再揚起虛假笑靨，將參茶端至他面前，吳儂軟語地哄他飲下……

她是心如蛇蠍的女人，連她自己都膽寒無比。

他待她如此之好，她仍舊下得了手，她指控他冷血無情，實際上真正冷血無情的人，是她。

螻蟻尚懂感恩，禽鳥亦明結草銜環，她倍受他的寵愛與善待，非但沒給他同等回應，反而鐵石心腸傷害他……

她不要當那樣的白綺繡，她想逃，帶著可怕的「白綺繡」從他身旁逃掉，逃到一個遠得無法傷他的地方……

那一回，他飲下她端捧至唇間的茶杯，毫不防備，大口喝下，然後，在她面前吐血倒下，是她最深最深的夢魘——

❁　❁　❁

白綺繡成為人人稱羨的赫連夫人，已過數月，本以為赫連瑤華的寵溺僅像曇花一現，來得快，去得更快，等他膩了，便會把注意力轉移到其他美人兒身上，加上她並不懂博取丈夫歡心，撒嬌、情話呢喃、小鳥依人……這類手段她一竅不通，她認為自己像一杯索然無味的淡水，較她味香潤喉的飲品比比皆是，他不會獨鍾於她。

她錯了。

赫連瑤華不僅沒膩，對她的傾慕眷寵更是與日俱增。

他很喜愛與她說話。

對，說話。

她不像他身旁虛與委蛇的佞人，忌憚赫連瑤華的官威及強硬後台勢力，無不挑些動聽悅耳的諂言來說，可白綺繡不同，她雖不伶牙俐齒，卻有自己的堅持，遇上與她觀念違反的討論，不善辯的她，仍會努力爭個「理」字，赫連瑤華享受她的「有話直說」，像上回她的「清官論」，說來頭頭是道，企圖教訓他這位早早認清官場險惡的識途老馬，她讓他見識到世上仍有她這般單純天真的傻姑娘，以為人世不是黑便是白，沒有模糊地帶。

她像以前的他，好像。

滿心熱忱，立下宏願，想剔除掉所有罪惡，相信善有善報，相信因果報應，相信人只要多行善事，定能有福報。

笨得好無知，笨得好可愛。

而他也很喜歡不與她說話的時候。

她文文靜靜地，為他研墨，眉眼間神色放鬆，眸子專注隨著他的筆移動，那時的她，像個認真好學的孩子，當他另外蘸了一支筆，遞給她，要她陪他一同在尺餘白紙上隨心落筆，她會雙眼晶亮，一副躍躍欲試的期待，然後又抿嘴說「我會弄壞你的墨寶……」，直到他抱她坐到他腿上，疊握她軟軟玉荑，率先在紙上揮毫幾筆，她才會慢慢玩開，自個兒興奮地東畫一塊西塗一些。

老實說……她的畫功，慘不忍睹，他五歲時的畫作，都比她美上好幾成。不過瞧她畫得好認真、好開心，他一點都不在意紙上成品會變成怎樣，他享受的是過程中她銀鈴清脆般的笑聲，及兩人間共度的甜蜜時光。

白綺繡有時會為他所做的事而動容，打從心中感受到他的體貼和濃烈情意，她不是草木，她有血有肉，有思想有感情，無法無視他的真心，正因為無法無視，他的疼愛，反而變成一塊石，沉沉壓在她的胸口。

她完全沒有忘掉自己的用意，她是來復仇的，為她爹親，為她一家人所受的痛苦，討個公道——

只是，她告訴自己，明天……明天她一定動手。

到了明天，她又給自己另一個明天。

明天的明天的明天……

她在逃避，她自己清楚知道，這是逃避的藉口。

她不只一次想過，若兩人的相遇，不帶仇恨，沒有目的，就是單單純純地，或許是街頭偶遇，或許是媒妁之言，或許又或許……那麼，她便能發自內心對他展露笑顏；她便能對於他的感情有所回應；她便能滿足於依偎在他身邊，當個最溫馴的妻，為他生兒育女——

命運終究殘酷，她這隻藏在殼裡的龜，縮著頭，就以為殼外世界的天空晴朗美麗，殊不知風雲變色的暴雨，正逐步逼近……

這日清晨，她陪赫連瑤華用完早膳，並送他出府，赫連瑤華不似一般古板文人，視房外親熱為畏途，他從不在意旁人眼光，上馬車之前，他將她撈近胸口，低首便是熱辣辣吻住她微開小嘴，這種驚世駭俗的豪放大膽，無論來上幾回，她永遠都無法像他習慣，她羞赧欲走，他卻不放，加深了對她的探索，鮮紅雲朵飄上她雙腮，幾乎快佔滿她巴掌大的臉蛋，教她腦門沸騰，理智、思緒全下鍋煮糊了一樣。

他真惡劣，誘惑著她、迷眩著她、勾引著她、教壞了她，這個吻，絕不是只有單方面的享受。

直至他的深鑿轉為淺啄，薄唇戀戀不捨地磨蹭她被吻得紅腫濕潤的豐盈芳嫩，她目光迷濛氤氳，模樣茫然可愛。

「乖乖等我回來。」他輕拍她粉色面頰，將她喚醒。

「嗯……」她的臉要燒起來了……就連早晨的涼沁微風，也吹拂不散渾身熱意。

「快回府裡去，外頭風大。」赫連瑤華進了馬車，俊顏在車廂小窗後叮嚀，她仍堅持要目送他馬車離開才進府。

馬車緩慢走遠，白綺繡便在身旁宛蓉的恭敬催促下，旋身欲入府邸內，眼尾餘光瞥見對街街角佇足的人影，不由全身一僵。

娘親？

白夫人立於不遠處，白綺繡不知道她在哪兒等了多久、看見了多少……更不知道娘親怎會守在赫連府外。

「宛、宛蓉……我想去前頭買些東西，妳先進去吧。」白綺繡想支開她，去見娘親。

「咦？少夫人要買什麼，吩咐宛蓉去就好了呀。」

「我自己去才不會買錯，妳進去，先替我熱一壺茶。」白綺繡這回不給宛蓉多嘴的機會，便一逕往娘親所在的街角步去。

白夫人先行一步往更隱密的小巷走，母女倆保持約莫十來步距離，一前一後，白綺繡忐忑不安極了，不時回首瞧有沒有人跟隨而來。

早晨的街，靜謐安詳，只有兩道鞋履聲，躂躂相隨，終於，白夫人在僻巷一處矮牆旁停下腳步。

「娘……」

白綺繡怯怯喊。娘親應該是來責備她，她成為赫連瑤華妻子一事，並沒有知會娘親，這樁婚事，沒有洋洋喜氣，也不會有善終，她總有一天會親手結束掉它，可她不敢讓娘親知道，即便它短暫，她都想珍惜它破滅之前的每一時、每一刻。

「綺繡。」白夫人臉上不見慍怒，甚至對她露齒微笑，臉上刀傷留下的疤痕依然清晰明顯，她溫柔挽起白綺繡的手，母女倆並肩坐在矮牆旁突起的石階上。「妳嫁給赫連瑤華這麼大的事，怎麼沒先跟娘討論？娘還是從旁人口中聽見赫連瑤華迎娶府上婢女，但沒想到那婢女是妳。」

白夫人口氣不像質問，倒是陳述罷了，而她也沒給白綺繡解釋或說明的機會，又開口，這回是誇獎了：「做得好，妳已經成功接近他，真的太好了……告訴娘，他待妳好嗎？信任妳嗎？」

白綺繡堅定點頭，沒有半絲遲疑。「他待我很好，真的很好。」

白夫人滿意微笑，突地塞了一包東西到她手心，白綺繡低頭看去，是個小小紙包。

「那麼，現在就是妳動手的好時機！」

白綺繡豁然明瞭那紙包裡竟是毒！

「娘——」白綺繡險些要甩開那彷彿會燙人的玩意兒，若不是她娘親握得這般牢，她真的會。連白綺繡自己都不敢相信，此時發出哀求聲音的人，竟會是她，她在替赫連瑤華求情，求取一條生路。「娘，您聽我說，赫連瑤華他……他並非如外傳萬惡不赦，他雖不是善人，也不會惡意去欺凌人，爹的那件事，不是他出的主意，他完全沒有從中得到任何利益，他——」

白夫人慢慢轉頭望向她，慢慢斂去笑容，慢慢地，問她：「妳被他……感動了？」

「我……」

「所以剛剛在赫連府邸門口演的鶼鰈情深，不是作戲騙他？而是真的想與他當一對恩愛夫妻？」白夫人語調無比冰冷，方才的慈愛軟笑消失無蹤。「……妳愛上他了？」

「不！我……」「沒有」兩字，如魚刺梗住喉間，無法吐出，尖銳地教她咽喉一緊。

我沒有嗎？她自問。

我沒有。她否定了。

我沒有……她在心裡重喃了一遍。**真的真的沒有……**又一遍。

她的反駁卻遲遲沒能化為言語，從嘴裡堅定說出來。

「我是叫妳來報仇，結果妳心思全放在談情說愛上？妳忘記妳爹是如何慘死嗎？妳竟還替仇家說話?!枉費妳爹那般疼妳！」白夫人痛心疾首，雖沒動手打她，然而森冷若冰的目光，比狠摑白綺繡一巴掌更教她恐懼。

「娘，我──」

「好呀，妳去做妳的官夫人，享妳的榮華富貴，我就當沒生過妳這個女兒，白家沒妳這種不肖子孫！」白夫人氣得掉頭便要走，白綺繡匆匆跪下，緊緊揪住她的衣袖。

「娘……您別生綺繡的氣！綺繡沒有愛上赫連瑤華！我有打算要刺殺他，我在找機會……我沒忘自己為何進赫連府裡，沒忘自己為何留在他身邊，我跟他不是恩愛的夫妻……我沒有愛他……您相信我……求您相信我……」白綺繡不斷否決，眼淚卻比她脫口說出的字字句句來得更急更快，晶瑩水珠紛紛滾落。

明明只是說出短短幾句話，為何胸口那麼疼痛？好似體內某部分被迫撕裂開來，鮮血淋漓……

「……」白夫人不說話，仍然背對她。

「娘……請相信綺繡……綺繡恨他……好恨他……」

恨他左右她的情緒，恨他掌控她起伏翻騰的掙扎，恨他為何要是赫連瑤華……

白夫人跟著蹲低身，展臂抱住白綺繡，慈愛輕拍她的背，與她一塊兒掉眼淚：「綺繡……娘錯怪妳了，是娘太心急，別哭……妳的委屈娘知道，娘全都知道，要妳待在那種男人身旁，與他假裝卿卿我我，妳受苦了……」

白綺繡只能顫抖哭泣，娘親的擁抱該是教人心安無比，此刻卻令她冷得發起哆嗦，渾身寒冷不已，特別當娘親用著輕如綿絮的和藹軟嗓，在她耳畔柔柔說著那句話時——

第九章

「只要將那包藥，倒進他的茶水裡，妳所有委屈和辛苦，就能全部放下，妳就不會這麼痛苦了，綺繡。」

乳白色細砂，彷若沙塵，緩緩地，撒落而下，如雨般墜入湖面，迅速被湖水吞噬，消失無蹤。

茗杯裡，小小的湖面世界，無魚無蝦，只有養生補氣的香甜參片，而隱沒在茶面下的粉末，完全融入茶水裡，直至再也瞧不見它。

白綺繡捏緊倒盡藥粉後的紙包，指甲深深陷入自己掌心，眸子瞪著參茶不放，好似它裡頭藏了一隻駭人妖魔，隨時會張牙舞爪地飛竄出來……

她做了……

她將娘親給她的藥，倒進赫連瑤華要喝的茶水裡……

赫連瑤華喝下之後，便會……

「少夫人，少爺回來了。」宛蓉喜孜孜進到廚房。端茶送水之事本該由下人來做，不過大伙皆習慣了少爺及少夫人夫妻感情的如膠似漆，所以當少夫人央求親自為少爺泡杯參茶時，當然沒人會想搶走小妻子為愛夫展現似水柔情的機會，便讓白綺繡進了廚房，為夫君親手煮茶。

白綺繡心一驚，身子僵硬，喃喃自語：「他回來了……」這麼快？

「您不是要讓少爺嚐到滋味最棒的參茶嗎？現在送去正好，茶水熱呼呼，暖暖少爺的心，教少爺對您更愛不釋手！」不能怪宛蓉沒大沒小，恰逢少女一十六的如花年紀，心思全覆上一層淡淡的粉色情懷，對男女情事充滿幻想。

白綺繡笑不出來，這杯茶，何止暖熱，它還淬了毒……

「快走快走，少爺一進府就先問起您呢。」好羨慕哦，主子夫妻感情這麼深濃。

宛蓉半推半請將白綺繡帶出廚房，連著那杯參茶，直奔主子房裡，再賊笑咪咪地用眼神明示白綺繡快快把「賢妻愛心」送進去，慰勞近日來明顯晚歸的辛苦少爺。

房前數尺外的明月小苑，守著德松及兩名護衛，他們不被允許更靠近主房，所有送進房裡的膳食茶水，都必須先經由他們檢驗，安全無虞才可以上桌。

那杯參茶，如果由宛蓉端著，護衛就會攔下來，此時出現在白綺繡手上待遇自然不同，赫連瑤華早已吩咐過，任何白綺繡準備的東西，都不需要試毒，他完完全全信任她，不允許誰質疑她。

那時，他的命令，確實感動了她，誰會喜愛時時被人懷疑的對待？若不是全然的信賴，他不會拿生命開玩笑。

可是，白綺繡多希望現在就被攔住，讓德松查出參茶裡的不對勁，然後，打翻這杯茶……

「少夫人。」德松和護衛抱拳行禮——也僅僅只有抱拳行禮而已。

她與參茶，輕易地，進了房。

赫連瑤華已經脫去厚實煩瑣的外裳，身上只留舒適保暖的白色棉衣，束髮銀冠卸下，長髮微微凌亂披覆寬肩，一臉疲倦，見她到來，臉上立即有了笑意，就只是眉眼彎彎，神情卻添有十成溫柔。

「綺繡，去哪兒了？」再看到她手裡參茶，他了然沉笑：「為我煮茶？」

「……」她只能含糊頷首，他抱她一併坐上大躺椅。

「喝妳一杯茶，解我無數憂。妳真蕙質蘭心，明白我需要的是什麼。」他輕蹭她的鬢髮，笑嘆。

近日，失了面子的陸丞相終於展開反擊動作，他先是向國舅爺告狀，數落他的不是，他毀婚在先，又沒親自上門向陸丞相賠罪在後，國舅爺亦認為赫連瑤華該給陸丞相一個交代，結果國舅爺所謂的「交代」卻是命令赫連瑤華休掉白綺繡，再奉上珍稀寶物十來車，重新請求陸丞相應允兩府親事，給陸丞相做足氣派顏面。

這樣的「交代」，赫連瑤華連聽都不屑聽，更遑論硬逼他做。

送禮小事，休妻大事。如果陸丞相胸懷寬大，願意收禮息怒，擅長做人的赫連瑤華自然不會吝惜給足金銀珠寶，來安慰陸丞相痛失孫婿的創傷，但太超過的無理取鬧，他赫連瑤華只會回以冷哼兩聲。

毫無意外，他的反應，連國舅爺都看不過去，總之，目前是腹背受敵，陸丞相擺明沒得到滿意處理就會聯眾排擠他，國舅爺見他一回罵他一回，聽久了，真煩。

這些事，他當然不能跟白綺繡說。

她若知道，少不了一頓擔心，萬一再來個「委屈讓夫」的戲碼，他還真招架不住。

他不把煩擾帶回只屬於他與她共度晨昏的房，這裡是他最安詳寧靜的避風港，在這裡、在她身旁，他才能感到全然的鬆懈，他可以發自內心地笑、毫無防備地睡。

而他現在最需要的，便是她的撫慰，倒杯茶，替他捏捏腿、搥搥肩，甚至是填進他胸坎間的小小擁抱，都好。

「好香。」他嗅著參茶，參的清甜味，隨熱煙竄升。一方面純屬私心，她端來的，即便是杯清水，他嚐進嘴裡也覺得甜——這種愛屋及烏的蠢念，他曾嗤之以鼻，認為是一種盲目行徑，他不相信怎可能因為喜愛一個人，便連她吐出來的氣息都感覺到香？

現在，他可不敢將話說太滿。

白綺繡捧杯的手微微發抖，茗杯的溫熱，傳遞不到她的掌心，亦溫暖不了透骨的寒冷，茶面上水波激生，他以雙掌托捧她的手，穩住茗杯，緩緩抵向他噙笑的唇。

他飲下了參茶，喉結滾動，吞嚥一口。

她驚恐看著。

看著他以口抵杯，就著她的手，喝下參茶，喝下毒——

白綺繡驀然動手，立即揮掉那杯未盡的茶，行為出自於本能反應。

茗杯摔地，瞬間破碎四散，參茶茶漬濺得到處皆是。

赫連瑤華劍眉挑揚，不解覷她。

白綺繡被自己動作嚇著，她怎會……打掉那杯參茶？

「綺繡？」

他長指挑起她的尖瘦下巴，抬高她壓低的螓首，驚見她滑過淚水的泣顏。

「怎麼了？哭什麼？」他揩住她的淚珠，湧泉般溫熱晶瑩卻如斷線珍珠，越拭越多。「誰同妳胡說八道了什麼事惹妳心煩？嗯？」是陸丞相惱怒之事傳入她耳裡，使她憂愁？

她只是哭，只能掉淚，只能踮起腳尖，吻住他的唇，任由參茶的獨特香氣從他口中過渡予她，他雖驚訝，倒也樂於接受，隨她吸吮著唇瓣，並探入軟嫩小舌到他嘴間，他不輕易放過到嘴的美味，纏著她、哄著她，牙關輕啟，歡迎她的光臨。

參的味道，變淡了，被彼此的津液給稀釋掉，而另一種突兀腥味越來越濃，瀰漫在兩人唇間。

是血，由赫連瑤華嘔出的鮮血，數量多到自兩人嘴角淌落，並染著兩人四唇腥膩透紅。

那火一般刺眼的顏色，震懾了她，逼出她的驚聲尖叫——

「瑤華——」

❁ ❁ ❁

赫連瑤華毒發臥床已經兩天，幸好只飲一口，要是一整杯參茶都喝下，大羅神仙亦難從鬼差手中搶回他的性命。

這兩天，白綺繡幾乎流盡了眼淚，心急如焚的大夫命人端來大量清水，強灌再催吐、強灌再催吐……如此反反覆覆，她在一旁看著，疼得連胃部都隨之翻騰難受。

那時，衝進房內的眾人之中，有人發現地板上破碎的茗杯及參茶，湊到德松耳邊低語幾句，德松頷首，那人取銀針，試探杯上殘留的茶湯，針身瞬間變成墨黑，德松面露難以置信，卻不得不先動手逮捕白綺繡。

「住手——不是那杯茶——誰都不許碰她……綺繡，到我這裡來……」赫連瑤華的臉色白得像紙，意識似乎早已混沌，雙眼緊閤不開，仍惦記著她，字字費力咬牙，甚至攤開青筋滿佈的大掌，要白綺繡將手遞進來，讓他牽住，不允任何人帶走她。

誰也不敢違逆他的意思，只能按照吩咐，留白綺繡在床榻旁，握住赫連瑤華因劇痛而抽顫的手掌，他握得恁緊，他無暇拿捏力道，毒所引發的痛楚，綿延不絕湧上，她像是他此時唯一能攀附的浮木，他無法鬆放，另一方面，他要保護她，若不牽牢些，萬一他暈厥過去，她就會被人押走。

人都變成這副模樣，竟還……擔心著她的安危。

白綺繡羞愧自厭，無法原諒自己。

她好可怕……好可怕……她怎能將他害成這樣?!她怎能狠下心腸對他動手?!對一個如此呵護她、愛憐著她的癡情男人……

白綺繡再也咬不住嘴間嗚咽，嚶嚀哭了起來。

下毒之人，還有臉哭，簡直是無恥至極——在場不只一個人如此不滿想著，更包括了她自己。

大夫結束了灌水催吐的漫長搶救，餵赫連瑤華含下幾顆解毒丸子，吩咐眾人好好看顧，才退出房去。

赫連瑤華白似雪的臉龐仍可見其飽受痛楚折磨，她深瞅他，淚花迷濛，心疼如絞，他握住她柔荑的手勁已輕，應該說，他連「握」的力量都耗盡，五指依舊交扣在她指節之間，她忍不住掬起他的手，貼在淚濕臉頰邊。

第一次，她無法汲取到他炙燙的體溫。這隻大手，總是暖呼呼的、總是輕佻頑皮的、總是溫柔小心……現在卻軟綿無力，冷得像冰。

她不該傷他……該喝下那杯參茶的人，是她……她掙扎在娘親與他之間，她覺得痛苦、她想逃避、她想從這道難題中解脫，可是她不知道，傷害他竟是如此疼痛之事。

娘親說的，將藥倒進茶水，所有委屈及辛苦就能放下，她就不再痛苦……但沒有，她沒有得到半絲快意，痛苦亦毫無減少，不單單僅是傷人性命後的自責後悔，還有其他的混亂情緒充塞於胸，脹得又悶又難受——

那是什麼？

在她見他受苦時，心慌、心亂、心如刀割？

在她見他吐血倒下時，以為永遠失去他時，心寒、心痛、心膽俱碎？

是什麼？

白綺繡知道了答案，她的心，逼她正視它。

老天，她愛他……

她愛上他了……

她騙了娘親，更騙了她自己。

不愛他，是個天大謊言，她不敢坦誠面對的謊言，她以為嘴上否認，就代表它真的不存在，怎知情感的萌生，誰都控制不來，她心中比任何人都清楚，不能愛上赫連瑤華，卻仍是深深陷入他所編織的情網中……

白綺繡為此遲來的驚覺痛哭失聲。

沒人敢將她獨留於赫連瑤華身邊，怕她再度對他不利，兩派持著相左意見的人馬，在房前小廳爭執。

「應該先將她押進暗牢，再行處置！怎能讓她繼續留在少爺身邊?!萬一她仍想傷害少爺怎麼辦?!」這方，堅持逮捕她。

「少爺交代過，誰都不能動她，你們誰敢違抗少爺交代？少爺醒來發現她被關於暗牢，若大怒，誰負責?!」那方，對少爺言聽計從。

「只是押進牢裡，又不是要拷打她，少爺醒來再放她出來不就得了?!」

「少爺的脾氣你們不知道嗎？他絕不留無視命令的下人待在府裡，更別說少爺此時硬是握住少夫人的手，擺明就不容任何人帶走她。」

雙方仍在吵著，小廳一時之間鬧烘烘。

「都別爭了。讓她留著，這是少爺的命令。」德松出聲。

當夜，德松守在另一邊床側，算是監視她的一舉一動。曾待她和顏悅色的德松，也難掩不諒解的責備肅穆，不過他沒有開口質問她為何這麼做，那並非他的職權。

只有在聽了她一夜未止的啜泣聲後，淡淡說了一句：「既然都動手想殺他，又何必矯情為他掉淚。」

他不是提問，她也沒有回答，各自存著紊亂思緒，在漫漫長夜裡，守著一個對彼此而言都是非常重要的男人——她的夫君，他的主子。

黑夜終於過去，晨曦破雲而出，灑了園內池塘一片金亮燦燦。

遠方雞啼鳥叫，聲聲清亮，催促一日辛勤活動的開始。

赫連瑤華醒過來了，帶著滿臉倦意及蒼白，細微瘖啞的呻吟溢出疼痛的喉，他甫輕輕動動手指，白綺繡擔憂的憔悴臉孔立即傾近他。

「綺繡……」他沙啞喊她，她感覺他努力收緊五指，要確定她仍在他掌心，他安心一笑，又閉上眼：「我夢見懸崖……我抓不住妳，妳從我手中滑出去，底下萬丈深淵……幸好……只是夢。」

她喉頭一梗，好不容易才緩下的淚，又顆顆滴落，掉在他與她交疊的雙手上。日所思，夜所夢，連在夢中，都還擔心著她會失去他的庇佑而被府中其他人擅自處置嗎？

「你……現在覺得怎麼樣？要不要……喚大夫過來？」她顫聲問。

「水。」

白綺繡匆忙要去倒，德松早已斟了碗清水，遞過來。她投以感激眼神，但德松的神情明顯在說，他不信任她，才不讓她碰水，不給她動手腳的機會。

此時的白綺繡無暇去感到難堪，她扶起赫連瑤華，小心翼翼以碗口抵在他唇間，慢慢地小餵一口一口……

他喝得不多，應該是腹內仍覺不適，吁口氣，搖頭不喝了。

「……我去請大夫來。」她知道德松不會擅離職守，當然更不可能留她與赫連瑤華單獨在房，可她又擔心他的身體狀況，便決定由她跑一趟。

赫連瑤華完全沒放手，他懶懶張開眸，凝望她，嗓依舊沉啞：「叫德松去，妳留著。躺這邊。」另一隻空閒的手，試圖拍拍大床左側空位，但力氣微弱，要她爬上來。

「可是……」白綺繡正要開口，卻聽見德松轉身離開的腳步聲，她訥訥回頭，德松早不見人影。

「綺繡。」赫連瑤華輕捏她的手，催促。白綺繡只能順從他的意思，撩著裙襬，橫過他躺臥的高頎身軀，爬進床鋪內側，跪坐在那兒，他又說：「躺下。」

她遲疑，此時不該是溫馨的依偎。

他應該要責備她，應該要仇視她，甚至應該要處置她……不是這樣虛弱噙笑，哄著她躺進被窩。

他為什麼不質問她？

赫連瑤華欲坐起身，她連忙制止他的妄動，按著雙肩，要他躺好，他要賴一笑，全身上下最有活力的部分，只剩下輕點在左側床鋪的修長食指。

白綺繡無奈躺下，赫連瑤華像塊磁石，馬上黏過來，棄枕而就她，舒舒服服挨靠在她柔軟膀子上，氣息仍稍嫌微弱，說起話來像呵氣。

「妳被嚇壞了吧？綺繡。喝下妳端來的茶，卻中毒嘔血，害妳受人誤會。別擔心，我替妳洗刷冤屈，還妳清白。」

沒有一絲一毫的懷疑，他對她的信任，無瑕透明，不摻雜半點污染，使她更加自慚形穢。

她無法誆騙他，雖然真相醜陋不堪，該要去面對時，依舊必須接受它。

她深吸口氣，迎向他黑翦溫柔的眼眸：「那並非誤會，我確——」

德松領著大夫回來了，從奔跑的腳步聲聽來，他以如此迅速步伐返回，自然難脫對她的防備之心，不給她足夠的時間再度傷害主子。

白綺繡的話被打斷，一時之間既覺惋惜，又感到……一些些的懊惱。若德松再遲些回來，她就能鼓起勇氣，一口氣全數說完，這樣斷斷續續，反而會磨損了那股衝勁。

「少爺，您醒了，身子還覺得不舒服嗎？請讓老夫診診……」滿頭花白的陳大夫要探赫連瑤華的腕脈。

「陳老，你來了正好，我之前就打算召你來一趟，不過要你診視的對象不是我，是她。」赫連瑤華制止陳大夫，反倒牽起白綺繡的柔荑，遞至陳大夫面前。

白綺繡此刻的愕然，與陳大夫、德松的一模一樣。

「她最近食慾不振，胃口不好，又老覺得倦，我認為她可能有喜了。」赫連瑤華猜測道，實際上心中卻有八成篤定。他正準備利用昨夜與白綺繡討論這件大事，現在不過是順延了幾個時辰。

「不可能——」白綺繡驚呼，水眸驚恐瞪大，要不是赫連瑤華仍枕在她手臂，她定會震駭地彈跳起來。

不會的……老天不會開這般惡劣又殘忍的玩笑……不會的……

她下意識搖頭抵抗這種可能性，她想抽回手，不讓陳大夫碰觸她，懦弱想拒絕被宣判的時候。

不要在她已經決定面對真相揭開時所要承受的種種報復、怒火，甚至是死亡之時，才來告訴她，她的身體裡，孕育著另一條小小生命。

這會讓事態變得更難以收拾……

「……我沒有食慾不振，我本來就吃得少，我也沒有感覺身體有任何改變，你多心了，我不需要診脈……」她試圖反駁，聲音太微弱，連她自己都無法說服。

她確實近來吃得少，對某些食物甚至有反胃感，但她自我解讀，是心境影響食慾，她煩惱著報仇之事，又周旋在情仇間，怎可能還有大吃大喝的好心情？

而連日來的疲倦亦是如此，她的精神時時處於緊繃，那耗費她太多體力。

「綺繡，讓大夫看看何妨？」赫連瑤華安撫她。「我可是非常期待有個孩子到來，倘如妳有孕，我會欣喜若狂；要是沒有，妳這副模樣，瞧起來比我更需要喝幾帖藥補補。陳大夫。」他口氣溫柔，又不容質疑，並喚陳大夫別愣著不動。

「不……」她露出無助神情，赫連瑤華以為她的惶恐來自於初為人母的慌亂，他將她攬進懷裡，輕聲哄騙。

「我雖然也擔心以妳的身子要孕育孩子恐怕會相當吃力，不過我仍渴望擁有一個妳與我共同的寶貝，男孩女孩都好，像妳像我都行。糟糕了……我已經在勾勒孩子的模樣，已經想著該如何溺愛他——」

他才說完，陳大夫已經把完她的脈象，並連忙揖身賀道：「恭賀少爺，少夫人確實有喜了！」陳大夫一口白牙亮晃晃。

白綺繡只覺天崩地裂，陳大夫的話，巨大得像雷，轟然落下。

太多太多的驟變，接二連三而來，不給她喘息時間，彷彿要掏空她一般。

她想起了娘親撫著爹親屍身痛哭那幕、想起了她的兄弟傷的傷殘的殘、想到那天黑衣人圍殺的瀕死驚恐、想到頭一回遇見赫連瑤華、想到他的孟浪擁抱、想到他為了她，不惜得罪陸丞相、想到他的半誘半逼婚、想到他婚後的寵、想到自己放縱自己，一次又一次回應他的吻及擁抱、想起娘親塞藥給她時的堅決、想起他飲下參茶前的信賴笑容、想起他在她唇間嘔血、想起他猶如山倒，崩塌於眼前、想起他失去意識之前，仍一心一意護衛她、想起她的心狠手辣、想起她的無情無義、想起她對他的傷害……

她的腦袋容納不下，脹得好生疼痛，像有無數無數的針，狠扎她每一處知覺。守在他床榻前整夜未睡的她，再也承受不住，眼前一黑，昏厥過去。

❀　❀　❀

輕輕撫摸平坦如昔的腹間，無法置信，就在這裡頭，有個孩子正在成長，已經三個月餘。

雙手覆於上頭，百般愛憐，溫柔貼熨著，白綺繡臉上揉合了慈藹及矛盾的為難。

「孩子，你為何挑這時候來？在娘親打算告訴你爹一個……殘酷的事實。」她螓首低垂，嗓兒幽幽淺淺，混著嘆息：「娘親不知道你爹會如何處置娘，無論如何，怕是不容娘留在這兒，那你怎麼辦呢？與娘一塊兒離開，可外婆那兒能接納你嗎？能接納一個承襲仇人血脈的孩子嗎？或者，你爹要你，允許娘生下你之後，才將娘驅離出府……沒娘的孩子會不會受人欺負？萬一……你爹太氣娘親，把對娘的怨懟轉移到你身上，連他也不護你，爹不疼娘不在，又該如何是好？」她問著掌心底下的小生命。

他無法回答她。這道題，連大人都無解，孩子又豈能告訴她？

難、難、難。

又或者，你爹知道娘欲置他於死地的來意，不願意與娘有過多牽扯，不願意他的骨肉是由娘親腹中所出，執意扼殺掉你……這話，殘忍得令她不敢對孩子問出口。

決定孩子命運的難題，若丟給赫連瑤華，他會如何抉擇？

她完全預期不出來，因為赫連瑤華他……迄今對她的捍衛，連她也出乎意料。

姑且不論先前被陸寶珠發現她身上帶匕一事，他隻字未提，一句迂迴探問都沒有，此次中毒事件，他亦是堅持與她無關，先是說他樹敵眾多，誰知是在哪時哪刻吃下了毒茶毒飯，回府後毒性發作得太恰巧，她不過是成為替罪羔羊，在府裡人取出變色銀針及參茶殘液，證明含毒，赫連瑤華也能有另一套說詞——

「人參是誰採買的？是她嗎？泉水是誰取的？是她嗎？杯底是否事先被抹毒？太多人有足夠的機會在茶水中動手腳，憑哪一點指控她？」擺明便是完全偏袒。欲脫其罪，何患無詞？

赫連瑤華近乎盲目地保護她，不容誰說她一句不是。

倘若她問心無愧，能獲他如此全心全意的信任，不因別人三言兩語而搖擺不定，更沒改變過待她的態度……然而，她並非問心無愧之人，他的信賴，沉重得教她馱負不來，快要壓垮她。

她無言抬頭，眼前一片飄渺湖色，因雨勢加劇而白得更徹底，數百尺外的樓閣，已然無法瞧見，噼啪作響的雨聲，落於簷上、落於湖上、落於葉上，擾亂著寧靜，以至於使她忽略了身後踏入虹簷的腳步聲。

「最好的辦法，就是繼續隱瞞下去，別讓少爺知道實情，那麼妳現在的庸人自擾全是無病呻吟。」

是德松。

雖驚訝他為何沒跟隨在赫連瑤華身旁護衛他的安全，她也只選擇默然回頭凝望他。

德松身上衣裳有雨絲淡淡濕濡的痕跡，他冒雨而來，自有他的用意，他開口的第一句話，確實足以教她愕然。

「你要我欺騙赫連瑤華？」這是忠心耿耿的德松該說的話嗎？她以為……他是來處理掉她這個危害他主子的蛇蠍女人。

「它是兩全其美的方法。」他說。

「它不是一勞永逸的方法。」她說。

「它可以是一勞永逸的方法，只要妳真心回應少爺，愛他如同他愛妳一般，你們會是一對教人欣羨的鴛鴦愛侶。」之前她所做所為，自然沒有追究的意義。

他說得太輕鬆容易，完全是旁觀者清的風涼。

「跟著少爺，絕對比妳受雇的前個主子更加明智。良禽擇木而棲，與其過著使計暗殺人的陰沉日子，不如捨棄以往，重頭來過，當個單純的赫連夫人，為他生兒育女，對妳而言，豈不更快樂些？」德松又說。

他以為她是受人聘雇的殺手，潛入赫連府裡企圖殺掉赫連瑤華，便勸她放棄前雇主的命令，轉投赫連瑤華。

「……」白綺繡靜靜的，維持撫觸腹間的動作。

如果，她是一個殺手，她會接受德松的勸服，心安理得地背叛前主子，納入赫連瑤華羽翼下，成為他真正的妻，全心愛著他、伴著他……

她希望她是，她希望她能。

但她不是，所以她不能。

德松說的美好遠景，是虛幻的花，美則美矣，卻遙不可及，她無法伸手去碰觸，因為她的雙手，被名為親情的繩索所縛，牢牢地，一圈一圈纏繞、一圈一圈收緊……

「自從少爺被貶謫荒城，又遇過無數回暗算，周遭朋友下一瞬間都能亮刀殺他，他對人……連一絲絲的信任都不存在。」德松突然說出關於赫連瑤華的過往。

白綺繡的驚訝，全鑲在微微瞠大的眸裡。

我被下放到荒城，途中遭蒙面人暗殺沒死，在鳥不生蛋的小城裡，三天兩頭便有刺客上門，府裡奴僕十個有七個是來殺我。我做錯了什麼？我不過是不貪不忮不畏權罷了。

那番話，不是他戲謔的謊言嗎？

「少爺得罪了當時的太尉，在官場陋習推波助瀾下，幾乎是無人敢伸出援手，甚至是傾靠在太尉威勢那方，落井下石。他看盡了冷嘲熱諷的嘴臉，更明白人情冷暖，幾回死裡逃生、幾次險中脫逃，再高遠的抱負都會被消磨殆盡，他當初為官的信念，全盤潰散，原來『官』不過是集污穢骯髒貪婪自私於一身，他說，他想親眼見識它能腐敗到何種地步；他說，立志成為好官，落得如此下場，那麼當貪官會是怎生情況？這世間的公理，難道真是善惡不分？」德松娓娓道來那段太久遠的往事。

赫連瑤華沒有騙她，他那時說的，是實話……

他遇過了比她想像中更可怕的經歷。

「那時，是國舅爺出手，將少爺從窘境中帶離。國舅爺是他的恩人，這也是少爺為何願意成為國舅爺暗地裡肅清異己的幫手——他心裡明白，是他有利用價值，國舅爺才不惜與太尉惹上嫌隙。」德松並不單純想對她闡述一個老故事，他想說的話，在一聲吁嘆之後低吐而出：「少爺不讓人靠近最真實的他，他防心既厚又重，可是他對妳不同，非常不同……妳忍心告訴他，他所付出的一切，全是場騙局，他的信任、他的寵愛，不過是自做多情的笑話？妳要他再嚐一次信念瓦解的劇變？」

白綺繡微微一震。

每個人都對她有所期望。

她娘親要她替家人報仇。

德松要她隱瞞，要她溫馴地成為赫連瑤華的愛妻。

赫連瑤華要她在他身邊，要她愛他。

她自己的期望呢？

……如果，摒棄所有的雜錯、暫且不顧忌周遭人的眼光，或是能否實現成真

——

她……想怎麼做？

第十章

她的期望，清楚得毋需費神多加思考，便已經有了答案。她想默默藏起它，不對任何人說起，將它當成一輩子的祕密，鎖入心底深處，只容自己細細咀嚼。

只是，當晚，赫連瑤華回到房內，帶回一屋子的寶寶衣物鞋帽、童玩、多數孕婦會喜愛的醃梅漬物，以及滿臉純真笑靨時，她的心幾乎為之融化，溫熱的淚，在眼中漫開。

他取出紅珠博浪鼓，咚咚咚地遞到她面前，露出唇瓣的白牙亮晃晃，笑起來多麼稚氣無邪，鼓皮上彩繪幾隻簡單彩蝶，色澤鮮豔漂亮。

「綺繡，妳瞧，聲音真好聽。」咚咚咚……他玩上癮了。

「你怎麼……買這麼多？」寶寶衣裳有男有女，鞋帽各種顏色齊全，童玩更是琳瑯滿目，想得到，絕對沒錯放，想不到的，也不知他上哪兒去找來。

「不早些準備，萬一漏買了怎麼辦？」他笑，手裡博浪鼓仍在搖，只是這回，他塞到她掌心，讓她先試玩。

「男孩女孩都還不知道，衣裳胡亂買，總有一邊是浪費了。」生了男孩，女娃娃精美的粉色小襦自然不能穿；生了女孩，男娃娃帥氣的湛藍衣裳總是不適合。

「有什麼關係，他爹又不是買不起。」尚未當上爹，已經開始有壞掉的跡象──縱容兒女爬上頭頂的那一種。

娃娃衣鞋小小的，樣式精巧，她握在手裡，細細瞧著，捨不得放下。想像孩子套上它們時的模樣，她眼眶更熱了些。

「這些衣裳真可愛……」她輕喃。

「我命人用同樣布料，也替妳做了一套，以後妳和孩子就可以穿同款衣裳出門。」當然是女娃娃款式的，她穿起來才美。他不僅寵孩子，也沒忘掉連孩子的娘一塊兒寵下去。

白綺繡緩緩放下輕軟的小衣裳，停住博浪鼓的敲擊聲，她看著他，他笑得開心，看來是發自真心喜愛孩子。

「瑤華。」她極少這麼喊他，那太親暱，她不敢喊，怕喊多了，連自己的心都給喊軟了。成親以來，興許只喊過三次……或是四次？一隻手掌都能數出來。

「嗯？」赫連瑤華雙眉飛揚，等她繼續。

她並不是要坦白自己留在他身邊的目的，德松說得對，她可以永遠欺瞞他，不讓他承受事實的打擊，而她，也決定這麼做。唯一沒能按照德松所勸的是，她無法留在他身邊，無法忘懷爹親之死，更無法粉飾太平地與他廝守終生，她會離開他，靜靜離開，產下孩子之後，將孩子送回他身邊。

「……如果，現在給你一個心願，你會期望哪樣事兒能成真？」

赫連瑤華低低一笑，牽起她的手，包覆在大大掌心。「我希望，妳平平安安生下孩子。」有太多女人在生子過程中無法挺過，難產死去的產婦不算少數。女人妊娠，是在賭命，生得過，痲油香，生不過，四塊棺材板。他雖期待兩人共同孕育的孩子到來，他更希望她毫髮無傷，他不想失去她。

「妳呢？綺繡，給妳一個心願，妳想要什麼？」他拿同樣問題問她。

白綺繡只是靜默了半晌，眸子揚覷，將他身影烙在眼底。

她的祈願，本該藏在心中的希冀，只容她自己分享的小小祕密，此刻，像是不願由她私藏，要向他盡數坦誠，她的聲音，背叛了她的理智。

「我希望，下輩子，與你再做夫妻。」

下輩子，不要有恩怨，不要有仇隙，再來找她，又或許，等她去找他，再讓她遇見，再為她傾心，再使她傾倒，到那時，她可以放膽愛他，不用歉疚，沒有虛假，更無顧忌，她會回以完完全全的癡情，向他撒嬌，貪心央求他的憐愛眷寵，還以一生一世純淨無瑕的摯愛。

赫連瑤華沒想到有機會從她口中聽見如此迷人的承諾，性淺如水的她，允了他下一世的執手相牽，代表這一世愛不夠，下一世也願意給她。

這……真是膩死人的情話，幾乎像是把他浸入蜜糖大甕裡，沾染一身香甜。

「我要與你白頭偕老，我要替你生很多很多個孩子，我要毫不保留愛著你，我要與你相伴，不離不棄……」白綺繡眼眶的淚，潰決而出。

是的，這就是她的心願，她卑微的期盼。

這輩子，她做不到的事，讓她下輩子達成……

「傻丫頭，這輩子還沒走完一半呢。」赫連瑤華為她拭淚，並將她抱進臂膀間，像在呵疼一個柔緻嬌弱的娃兒，充滿耐心。「我們先把這輩子的份，慢慢地，牽手走下去，到妳七老八十，我也變成風乾橘皮的皺臉老人，到那時，妳仍願意再當我的妻，不嫌棄我這個老伴林林總總的缺點，依然覺得我值得妳託付終身，我們再來約定下輩子。」

她啜泣著，想點頭，卻又不想騙他。

「也就是說，接下來的日子裡，我必須要更疼愛妳，讓妳沒有一絲怨言，才好拐妳下一世再以身相許。」他頑皮地用唇瓣輕搔她的耳殼，笑著說，雙掌交疊在她平坦腹間，裡頭，有著另一個教他盪漾柔情的寶貝。

「你已經對我夠好了……」她覆疊在他手背，四手相貼。

「不夠，綺繡，還不夠。妳都不告訴我，我哪裡做得不夠多？妳希望我為妳做哪些事？妳從不索討，從不貪求，我無法知道妳缺了什麼，想要什麼。」這是他第一次想寵愛一個人，卻總感覺自己做得太少。她不曾主動開口要珠寶首飾，華美衣裳亦不會令她展顏歡笑，他很茫然，不知該如何討好她？

「我什麼都不缺，什麼也不要……我現在所擁有的，已經好多好多……」白綺繡懂得知足，枕在他懷裡，被幸福所包圍，即便它只是短暫美夢，曾經擁有過的，足夠她再三回味。

「妳真是不貪心。」他蹭蹭她的鬢髮。「我就不一樣，我缺個孩子喊我爹親，缺個會追著孩子跑的娘，缺個會吃醋會板臉的嚴妻，缺個會主動親我抱我的大膽愛妻——」

話還沒說完，軟嫩嫩的唇，抵近他的唇間，羞怯地、主動地，吻上他。

他嘴角含笑，唇間的甜蜜探索，他毫不客氣品嚐吞噬。

❀　❀　❀

他熟睡的模樣多像個孩子。

白綺繡忍不住伸手撥開他額間散亂的些許髮絲，在他飽滿額心落下雨絲般的淺淺輕吻。

他沒醒，仍是深陷暖暖枕窩間，動也不動，想來是真的累癱了。

她瞧了他好久，將他的眉、眼、鼻、唇，每一分寸都看仔細。

他好俊，不凜目時，神色柔軟，不抿唇時，表情還有些稚氣，只是長長濃睫覆掩下的那抹淡淡陰影，彰顯他近來早出晚歸的疲倦，以及那杯參茶對他身體殘留的傷害。

她自責的目光在上頭停佇許久，心中愧意如潮湧上，一波接一波，她不敢再看，怕自己被歉疚湮沒，她放輕動作，挪身下床，沒喚人伺候，自己梳洗打理儀容，套上衣裙，長髮簡約盤束，僅以一枝花簪固定，她不吵醒他，靜靜離開臥居，要到廚房去為他淘米煮一碗三鮮粥──昨夜，他討著說想嚐，撒嬌耍賴的饞樣，令她莞爾。

輕而緩地掩上房門，小苑外，德松早已守在那兒，她與他相互頷首。

「他還在睡，可以的話，今天讓他晚些出府，別吵他。」她小聲道。

德松點頭。

「我去廚房煮碗粥。」

德松臉上表情平穩，但雙眉不著痕跡地動了一下。

「我不會下毒的。」她自嘲微笑。

在她已經知曉自己的心意後，她怎可能還下得了手？

「妳想通了？」

白綺繡笑而不答，逕自步出小苑，以廚房為目標。

她確實想通了，想通了在親情與愛情之間，只能擇其一時，她該要做下的決定。

她不能不顧家人，同時，她又想保全他，不孝的罪名，她是扛定了，她也知道，娘親不會諒解她，兄弟亦會責備她，說不定連死去的爹親都在九泉之下氣惱著她，可她不逃避，做好了面對的準備。

所謂的「面對」，不是躲藏於赫連瑤華羽翼下，由他為她阻擋風風雨雨，她不會只管自己幸福美滿，而忽略周遭親人的感受，同樣的，她無法漠視他做過的事，企圖摀住眼睛與耳朵，粉飾掉他與其他惡官逼殺她一家人的可怕現實。

它就如同她背上狼籍猙獰的刀痕，一刀交疊著一刀，即使疼痛早已遠離，卻一輩子消失不掉。

她怎能與他恩愛一世？

不可能。

那是癡心妄想。

她已經不奢望感情圓滿，至少，她會努力說服家人，別傷害他，她只能保護他，用著帶走祕密，離開他的方式。

來到廚房，她舀米清洗，並將其浸泡些餘時間，她利用等待的過程，生火燒水，並切洗配料，廚娘想插手幫忙，她笑著婉拒，這一碗粥，不假他人之手。

米粒泡開，微微膨脹，再倒入熱水中，米白如雪，在沸水內飛揚，她掌控火勢，不時攪拌，鍋內稠密飄香，她試了鹹淡，再撒入一些些清油，使粥更添亮澤，引人食慾。

這是她為他熬的第一碗，也是最後一碗的粥，陪他吃完之後，她便會趁他出府時，跟著離開，讓「白綺繡」──這個為殺他而來的女人，自他生命中消失。

他一定會很生氣……但只要過了半年或是幾個月，他就會逐漸淡忘吧。

粥裡緩緩加入新鮮草蝦、魚片及牡蠣，清甜的米粥香裡增添了三鮮的獨特風味。

熱粥盛碗，加上翠若碧玉的細細蔥末，她正準備將它端挪到托盤上。

「少夫人……」副管事跑得急喘，匆匆來到。

「鄭管事，怎麼了？」

「有貴客到。」

「這麼早？」她困惑放下手中湯舀。府裡偶爾會有訪客出入，她不曾被告知，她不識得赫連瑤華的任何一位友人，招待他們從來就不是她的責任，就算赫連瑤華尚未睡醒，也會由經驗豐富的老管事代為按捺，副管事卻特地來稟告她，當中的詭譎，連她都察覺不對。

「他指名要見妳。」

指名？

好個貴客吶。

「是誰？」她於腰際兜裙上拭乾雙手。

「……他在天香廳等妳。」副管事沒答，只是支吾說道，一會兒又覺不妥，總得讓她做好準備，省得見了人還不知對方是誰，才湊到她耳邊：「是國舅爺……」

「國舅爺？」

完全處於意料之外的崇高貴客，教她著實吃驚。

副管事藏不住話，忍不住多嘴：「應該是來替陸丞相討公道……」

替陸丞相討公道？

「那件事……不是過去很久了嗎？」

她問過赫連瑤華關於他退婚的後續，畢竟陸丞相哪可能硬吞下這等羞辱？她擔心赫連瑤華會為此得罪陸丞相，赫連瑤華雖未明說，只給了她「**放心吧，那是小事，我處理得來**」的微笑答覆，再加上她沒聽到府裡人談論此事，便以為赫連瑤華確實壓下了陸丞相的怒焰，平息掉解除婚約所會引起的風暴。

此時聽見副管事提及她幾乎忘卻的事兒，她才隱隱明白是赫連瑤華刻意瞞住了她。

「一直都沒過去，少爺不許任何人在妳面前提。最近鬧得才大，連國舅爺都出面了，這次少爺恐怕保不住妳。」副管家擔憂不已。要是國舅爺出手，少爺哪能悖逆？國舅爺可是少爺的救命恩人呀！

「我知道了。」白綺繡稍稍整理衣飾髮髻，再把熱粥先擱在灶邊保溫，獨自前去天香廳見國舅爺。

「……我要不要去叫少爺到天香廳？」副管事一方面煩惱白綺繡在國舅爺面前會吃虧，另一方面又擔心國舅爺說得明白，他只要見白綺繡一人，萬一他自作主張去找赫連瑤華，惹怒了國舅爺，他不就吃不完兜著走？國舅爺可是府裡另一名主子呀……少爺現在所擁有的一切，全是拜國舅爺所賜，國舅爺在赫連府裡來去自如，根本不需通報，門房一見國舅爺來，無不立刻敞開大門恭迎他入府，嘖，國舅爺開罪不得——

副管事內心掙扎，而他浪費掉的苦惱時間裡，注定了白綺繡死亡的命運。

天香廳，單獨建築於一方牡丹花園內，每當春季，被斑斕花海包圍，「魏紫」的緋豔，「姚黃」的燦金，「夜光白」的一身潔澤，「芙蓉點翠」的淡雅秀麗，花團錦簇，芬芳滿溢，美得猶如置身花之仙境。

只可惜穀雨三月已過，此時並非花期，滿園只剩綠葉碧梗，帶來蕭瑟的寂寥，以及與「天香」之名全然不符的突兀。

白綺繡才靠近天香廳，立刻有兩個男人迎上前來，他們並非赫連府中之人，但態度仍算恭敬，開門請她入內。

廳裡，窗明几淨，擺設簡單卻相當雅致，國舅爺佇立窗邊，碎金一般的日光，透過樹梢灑落下來，染在他一身華裳上，與裳間縫綴的銀飾相互爭輝。

他比她想像中年輕太多，國舅爺的那個「爺」字，將他喊老了。

他看起來只比赫連瑤華虛長幾歲罷了，模樣溫和友善，雖然她知道，那不過是假象，國舅爺雙手不沾腥，因為再醜陋之事，全由旁人為他去辦，他自然能維持其雍容風雅。

她打量他的同時，他亦在看她，眸子銳利無比，像隻豹一樣，雖然唇角有笑，眼睛卻沒有。

「我還以為，會看見一個狐媚豔麗的女人。」他開口，嗓音醇厚。「結果來了一個平平凡凡的良家婦女。」真出乎他的意料。滿頭奢華的首飾呢?金縷絲線縫製的高價美服呢?脖上手上該有的金銀珠寶呢?這女人，樸素得像個誤闖天香廳的小婢女，只缺手上端壺茶水什麼的。

她福身，身後男人提醒她該要行跪禮，於是她盈盈曲膝，跪下。

國舅爺沒喚她平身，擺明便是要為難她。他舉步，走向太師椅，落坐，好整以暇啜著茶，不急於說明來意。

「請問國舅爺喚來綺繡，是為了……」

「我叫赫連將妳帶去給我瞧瞧，他不肯，我只能自己不辭辛勞地跑這一趟。」國舅爺給她一抹微笑，又道：「我想看看妳是用哪樣手段，迷得赫連連我的話都不聽了。」他口氣慵懶悠閒，彷彿與她閒話家常而已。

「請國舅爺不要為難瑤華……」她清楚他那番話語裡隱含的尖銳，及對赫連瑤華的不滿，她一心想替赫連瑤華求情。

「現在是他為難我。好端端的，跟陸老頭扯破臉，陸老頭最好面子，哪可能丟得起孫女被退親的臉？他明明就深知利害關係，還是採用最糟糕的處置方式，我不記得我把他教成一個被愛沖昏頭的蠢人。他倒好，娶了妻，生活愜意美滿，以為陸老頭會開開心心成全他，順便送份大禮祝福你們夫妻倆百年好合？」他嗤聲，輕蔑反問。

「我去勸他向陸丞——」

國舅爺舉手，打斷她說話。

「道歉也沒有用，他已經將話說死，嗆陸老頭別想逼他休妻再娶。」他睨她一眼。

赫連瑤華他……怎會如此衝動，犯下官場大忌呢？

白綺繡心一慌，溢於言表的憂心忡忡，沒逃過國舅爺雙眼。

「赫連一直是我最得意的幫手，我最喜歡他的聽話和快狠準的辦事手腕，只要是我下達的命令，他從沒有第二句囉嗦，如今為了區區一個女人，開始反抗我，我的吩咐，他當成馬耳東風，我叫他向陸老頭低首，休棄妳，迎娶陸老頭孫女，他非但不照做，還頂撞我，害我被陸老頭嘲弄管不住手下。」國舅爺額際隱約可見憤怒青筋跳動，口吻雖一如方才的優雅，卻不難聽出些許咬牙切齒，覷向她的眼眸凝了薄冰，凜冽森冷。

「我會離開他！」白綺繡慌張脫口：「我本來就打算離開他了！我走之後，您再勸他，他會聽的——」

「哦？妳會離開他？放棄榮華放棄富貴放棄他？」國舅爺不可思議問。

「是！我原本就準備今天走，陪他吃完最後一頓早膳，我就走了……他並不是要和您作對，他只是……想保護我，退婚一事也是，都是因為我，他才會……」

「就算妳走了，他仍是會翻城尋妳，找不到妳，絕不心死，他的固執，我想妳是知道的。」國舅爺朝身旁伺候的下人使了眼色，飲盡茶水的杯，立刻被斟滿，不同的是，斟茶的壺，並非桌上白玉色澤的球狀圓壺，而是下人手上一罐約莫成人手掌長度的小長瓶。

國舅爺端起杯，欣賞杯裡盪漾的晶瑩玉液，卻不喝，一逕旋轉杯身。

「妳知道只有一種人，是永遠也找不到。」他邊說，邊笑了，瞇細的眸，緊鎖她身上不移走。「這種人乖乖的，不多嘴，不亂跑，不惹麻煩，就算躺在那邊，看得到、摸得著，卻遙遠得像星辰，妳猜，是什麼人？」

死人。

他的目光，如是說道。

她的心裡，了然清晰。

那杯……不是茶。

「我最近幾天不斷思考，赫連這個人，值不值得繼續留在身邊。一隻不聽話的狗，養來何用？何況，這隻狗，獠牙爪子都銳利到足以反撲主人，我真怕哪天他會突然動口咬向我，忘掉當初是誰伸來援手，從鳥不生蛋的寒雪荒城裡救他出來。妳替我出個主意，我該怎麼做才好呢？」他笑得恁般虛心求教，聽者卻通體透寒。

他並不是在詢問她，這是恫嚇！

「妳說，這杯鴆毒，要不要賞給赫連喝呢？」

白綺繡不假思索，衝上前去，搶下國舅爺手中那杯毒水，並擔心他會爭搶回去一般地仰首飲盡，半滴不剩。

她比誰都清楚，國舅爺的鴆毒，從頭到尾都是為她所準備，他只不過是拿赫連瑤華的性命威脅她，他雖未言明，也已表達得夠明白，不是她死，便是輪到赫連瑤華，她不會讓他傷害他，不會。

國舅爺被她此舉所撼，她義無反顧的堅決，以及捍衛赫連瑤華的篤定，令他訝然。他見過太多大難來時各自飛的恩愛伉儷，情呀愛的，平時掛在嘴邊，任誰都會說，在生死關頭上，脆弱地考驗人性……

「請國舅爺，不要為難瑤華。」她重申請求。

這女人，看來嬌弱荏質，實則堅不可摧，他從她眼中看不到一絲一毫的遲疑和後悔，明知飲下的是鴆毒，她亦無惶恐害怕，像是剛剛喝的，不過是杯清水。

「我似乎……有點明白赫連堅持要妳的理由了。」國舅爺喃喃道：「只可惜……」

他的喟嘆，隨著起身離去的腳步聲，飄然走遠。

白綺繡直至天香廳獨留她一人，她才軟軟跪倒，捂住開始泛起疼痛的腹間，低低呻吟，額際已經出現無數顆涔涔冷汗，痛楚蔓延到達胸口，阻斷吐納的順暢，她支撐不住，伏臥在地，好痛、好痛、好痛……

她嘔出的血，暈染地面，汗水淚水交融在血色褪去的巴掌臉蛋上，她能感受到生命之火的逐漸熄滅……可是，等一會兒，再等一會兒呀……她允他的粥，仍在廚房灶邊，昨夜答應要與他一口一口分食，所以，她煮了好多，多到能和他拉長相處的時刻，多一分多一秒，對她都是恩賜。

她還想親自到他床邊，調皮地用髮尾撓癢他、吵醒他，等他睡眼惺忪張開眸，能第一個看見她，她想最後一次伺候他更衣穿鞋，替他梳髮束冠，替他打水清洗手臉……

她想最後一次，吻吻他，抱抱他，膩著他，目送他出府……

她想……

微弱的思緒，越來越難集中，越來越空白，她睜著雙眼不願閉上，生怕一旦闔眸，就真的永永遠遠無法再看見他——

她努力吸氣，吐氣，再吸氣，再吐氣，費勁做著旁人輕而易舉便能做到之事。為何她已經如此認真在做吐納，肺葉仍是窒礙缺息，她必須張嘴，輔助呼吸，卻還是不夠……

她聽見有腳步聲匆忙飛奔，赤裸著足，踩過磚瓦，又好像聽見她自己劇烈咳血的作嘔聲，更像完全聽不見任何聲響一般，周遭靜得教人毛骨聳然，她什麼都聽不到了，彷彿失足墜落一處深邃黑暗，裡頭誰也沒有……

她很害怕，在伸手不見五指的濃黑裡，喊著他的名字。

一聲聲「赫連瑤華」，透過回音再回音，全與她一塊兒，囚在這處森寒而封閉的地方，只剩她一個人——

赫連瑤華趕至天香廳，等在那裡，是逐漸失去溫度的微冷屍體。

他嘶聲大吼，飛奔過去，緊抱她不放，為時已太晚，他無法置信昨夜還擁在懷裡的溫暖人兒，此刻只剩微乎其微的熱度，而且正在消失中——

他驚慌失措，想留住最後一絲絲的體溫，他無法克制顫抖，任憑如何喊她叫她拍她罵她求她，她都不給他回應，在他懷裡，一動不動。

大夫來過，又搖頭走掉。

「人死不能復生，少爺您別這樣……」

哪個該死的蠢人，在他耳邊說著可憎的安慰。

人死不能復生？

誰死去了?!誰?!

「閉嘴！閉嘴閉嘴閉嘴——」

「您、您要節哀順變呀……少夫人她已經……已經去了……」

「滾出去！全都給我滾出去！誰敢再囉嗦半個字，我就殺了誰！滾——」

綺繡沒死！他要節什麼哀順什麼變?!

綺繡只是倦了！只是小憩片刻！只是累到熟睡！

只要他叫她，她就會清醒過來！

只要他不斷不斷不斷不斷叫著她——

「綺繡……妳起來……綺繡、綺繡、綺繡、綺繡……快睜開眼睛看我……綺繡、綺繡……」

第十一章

那日的死別，歷歷在目，對赫連瑤華而言，清晰得彷彿昨日。

痛徹心腑的劇烈擰絞，是直至白綺繡再度醒來的那一天，才宣告終止。

他多高興能重新擁她入懷，單是她坐在床幔後的身影映入他眼簾，便足以令他瘋癲、教他狂喜，他萬萬沒想到，重生的她，變得冰冷淡漠，更帶來他措手不及的消息，告訴他，她接近他，存在著目的；告訴他，她是恨他的。

他很錯愕，也很吃驚，深究了原由之後，他很害怕，怕的不是她威脅會再次殺他，他恐懼之處在於，知道她仇視他的理由，牽扯到她父親的死亡，一條他永遠無法彌補的性命，她若為此一輩子不原諒他，他又能怨誰呢？

可，他察覺到醒來的她，雖然佯裝面無表情，對他愛理不理，放任他唱獨角戲，故意不覷他、故意漠視他、甚至企圖故意激怒他，在那些反應的背後，她像想掩蓋什麼、逃避什麼、懊惱什麼，或者該說，她想欺瞞什麼？

她已經不瞞住她對他的恨，不瞞住她的身分，不瞞住他對她家人造成的創傷，還有什麼是不能對他明說呢？

他深思了幾日，摒除一些雜亂干擾，似乎捉到某個頭緒，不過純屬臆測，他需要她給予進一步的解答。

赫連瑤華像隻打死不退的蜚蠊，一如連日的溫柔耐心，前來碰她這根硬釘子。

白綺繡毫不意外他的出現，她淡淡瞟來一記目光，在與他對上之前，又飄開。

他拉來一張椅，併坐於她身邊，她沒有辦法靠自己的力量起身，無法搬動臀下臥椅，無法逃離他，只能消極接受他的靠近。

她的復原情況算是相當不錯，畢竟有他無微不至的照料，興許再過一個月，她就能開始跑跳，現在拿些輕巧的東西已不再需要假他人之手，端碗握匙這一類小事，她慢慢做得很好。

他剝了顆橘，一半放到她掌心，她本想直接鬆手，讓橘子滾出雙手，拒絕他的討好，然而，她沒這麼做，心裡隱約不忍再見他被冷顏對待時的沮喪。

離她遠一點……

不要出現她面前，逼她用無情冷漠待他……她在心裡，默默吼著、求著。

他剝除另一半橘皮，撕下一片，送往她唇間，方便她一張嘴就能咬下甜美多汁的橘瓣，她遲遲不開口，只是沉默。

他不強迫她，橘瓣餵進自己嘴裡，輕輕咀嚼，同時，他說：「如果，我拿一命抵妳爹一命，妳是否就願意原諒我？」

赫連瑤華口吻閒散悠哉，比聊天氣還要更隨性。

「什麼？」

她總算如他所願地將眼神完全定在他臉上。

「只要我死了，妳就了卻報仇心願？或是，連當初聚在那屋子裡商討如何處置妳爹的那幾個人，也要一塊兒收拾掉，妳便會感到欣慰？」他很認真問她。

「……」她不答，是因為無從答起。

「德松。」赫連瑤華朗聲喚入德松。這五年裡，德松亦變化好大，變得更高更壯更沉默，她甫見他時，還誤以為他是德松的兄長。與德松短短閒談，他淡淡說，這些年待在少爺身邊並不輕鬆，赫連瑤華陰晴不定的性情，讓他手底下做事的人，全都吃過他的悶虧，被雷脾氣給轟得草木皆兵，身為赫連瑤華貼身護衛的德松，自然比旁人有更深感觸。

「少爺？」

「帶幾個人，去將游若、張舜、李醒之、黃翰、何彥儒、王雅山——」話沒說齊，但抹脖子的血腥手勢已經下達了清楚命令。這些人名，全是那日在場之人。

「是。」

「放心，不會缺了我。」他朝她安撫微笑，再道：「德松，處理完他們之後，還有我，你刀法俐落些，別害我腦袋要掉不掉地掛在脖子上苟延殘喘。」要死，也死得俐落才好。

德松一臉錯愕，他方才……是被主子下令要砍掉主子性命嗎？

「你沒聽錯，我就是下達這樣的命令。」赫連瑤華明白德松的遲疑，篤定強調，「游若的那個寶貝兒子也不能放過。」事情全是由他惹起，若非他，哪來白書亭不畏強權威脅的仗義對抗？當然要算他一份。

白綺繡輕蹙柳眉，她不插嘴是因為仍在觀望赫連瑤華搞什麼鬼，一旁德松太驚訝，以致於不敢貿然去執行赫連瑤華的任務。

「如此一來，妳就不用再背負壓力，至少……能笑得真誠些吧。」他輕手揉梳她的長髮。「我把一切都留給妳，包括這座園邸，下人們隨妳要留或遣走，妳能接妳娘親兄弟進來一塊兒住，我的財富應該足夠讓你們一家下半輩子生活無虞，到那時，別再愁眉不展，也別積藏滿腹愁緒。我幫妳把所有仇家都清除殆盡，否則憑妳一人，要冒多大的危險，妳拿對付我的這一套想為妳爹報仇，又能殺掉多少個？」他笑，牽起她的手。「這雙柔荑，沾了血，多可惜呀。」

他是……認真的！

他在交代後事！

白綺繡聽出他的用意，胸口一緊，他一定感覺到了她的反應，因為被包攏在他掌間的小手，重重顫了顫。

「赫連瑤華，你……」要開口竟是一件如此困難的事，她該感謝他嗎？他透悟了自己犯過的錯，於是要盡力彌補，知錯能改，善莫大焉，有他幫助，爹親的仇就能早日報完，而她，手不染血腥，毋需再暗殺任何一條性命……

可胸臆湧上的那股焦急怒氣又是什麼呢？聽到他說把一切都留給她，要德松取他性命時，為何她想衝喉脫口，叫他別胡言亂語——

他笑中帶嘆，一吁：「我的死，能令妳開心，這件事是讓我感到有些悲哀，不過，值得，一定值得。要是把妳救回來，只是害妳被仇恨折磨，那絕非我的本意……綺繡，我不知道妳這麼痛苦，我不知道我教妳這麼痛苦。」他將她的雙手握得更牢。「幸好金絲蠱把妳帶回人世，我仍能為妳做最後一件事，這是我虧欠妳的。」

溫熱的淚水，在他手背上，一點，一滴，紛紛墜跌，它們不斷由她緊閉顫動的眼縫間汩出。

不是這樣的……不對！不對！

當初她捨棄了性命，為誰？

為他呀……

她不要誰傷他，不要他身陷險境，她寧可死去的人，是自己，她寧可這輩子永遠不醒，也不要他知道了她的來意，知道她包藏的禍心。

她懊惱著自己為什麼會說出仇恨他的事，就因為五年漫長的沉眠，使她甫醒時昏沉惘然，完全沒弄懂自己身處何地。幻境？現實？眼前的他，是過度思念的虛影，抑或是連她死去也無法擺脫的夢魘，提醒著她與他永遠沒有以後……

當她越來越清醒，了解她並不是一縷飄緲於茫茫彼岸的幽魂，她回到今世，更將不該說的話，盡數說全了……

全完了……

結束了。

他終於看清她的真面目，他要失望、要憤怒……要收回所有對她的愛情……她生自己的氣，所以自從醒來之後，她又鬱又惱，怕被他傷害，他暴怒的模樣，她連想都不敢去想，她希望縮回黑暗中，保護自己，寧願自己依舊是毒發身亡的「白綺繡」——

與其受他仇視，不如死去，至少那時的她，得到他的全心全意。

但她沒有料到，面對存心殺他的她，他不僅沒有邪佞無情地報復她，還甘願將他的生命賠給她——

他說錯了！她一點都不會因為他的死而感到開心！

「這眼淚，是代表妳對我仍有些些不捨，綺繡，是嗎？」他珍惜地承接豆大的瑩瑩水珠，自我解讀。

「取、取消對德松下達的命令，我不需要你這麼做。」她咬唇，咬不住說話時雙唇的顫抖。「只要我死，就一了百了，恩恩怨怨、情仇轇轕，由我帶走——」

她的雙手驀然一緊，被他收牢的十指箝嵌。

「綺繡，再說這種話，我要生氣了。」赫連瑤華眉目嚴肅，她老把「死」字掛嘴邊，反覆提醒著失去她的那段惡夢歲月，他可是半點都不想再經歷天崩地裂的深濃絕望。

「你那番自作主張的話，我也很生氣！」她低低吼回去：「問都不問過我，便自以為對我是最好的安排，不容我死去，在我體內育養謎樣蠱蟲，現在又決定幫我剷除殺父仇人，擅自要我生，擅自要你死，你這剛愎自用的男人！」

「自作主張的，又豈止我一個？妳不也一樣？飲鴆毒，在我眼前斷氣，給我五年的相思、五年的折磨，妳問過我嗎?!問過我願意讓妳離我遠去嗎?!」赫連瑤華不曾口氣如此嚴厲待她。

這是兩人頭一回在言辭上爭執，猶如每對尋常夫妻，偶有意見不合，偶會拌嘴，偶會針鋒相對。本來佇於一旁的德松不方便介入，默默退了出去。

「我那麼做有我的理由。」白綺繡扭頭逃避他的責難目光。

「我與妳相同，我也有我的理由。」赫連瑤華口吻放輕，眸光轉柔，氤氳那張暗青色臉龐上的疲憊倦意。「我的理由，是不想再見妳在我與親人間兩方撕扯，我不要妳被血淋淋扯成兩半。如果我的決定能使妳快樂，什麼代價我都可以付。妳呢？綺繡，我說了我的理由，妳可以告訴我，妳的理由？」

「不……」她不想說，不想讓他探究得更多。

「綺繡，不要教我連死都不明不白。」

「不……」她不要他死。

「妳喝下國舅爺帶來的鴆毒時，妳心裡想的是什麼？」他進逼一步，以溫柔無比的聲調。

是的，他知道是國舅爺對她下的毒手，那日副管事神色慌張來報，以「國舅爺入府要找少夫人」的焦急消息吵醒了他，他不顧衣衫不整、長髮凌亂，赤足奔至天香廳，面對疼心泣血的一幕。

他最擔心的事、努力想避開的慘況，仍舊在眼前無情發生。

得罪陸丞相與國舅爺，他並無恐懼，唯一教他掛心懸念，是她的安危，他防過他們把主意打到她身上，他藏著她，不給誰機會接近她，他只錯料了國舅爺會親自上門，帶來劇毒，以及，她竟也乖順喝下——從國舅爺口中，他聽到了事情的真相，沒有強押，沒有強灌，甚至國舅爺沒有指名道姓逼她喝毒，國舅爺不過是暗示她，那杯毒是否該賞給不聽話的他，她卻一把奪下，將之飲盡。

他挾帶強大怒焰，在她死後一年內，與國舅爺正式決裂，而他的羽翼早豐，不再是任人宰割的「赫連瑤華」，國舅爺待他之恩，近十年為他作牛作馬，背負國舅爺不願弄臭自己的醜陋污名，夠了，早就夠了，若不夠，再加上殺妻弒子之恨，也相抵殆盡，於是，他不存任何歉疚，從皇后方面下手，後宮爭鬥與官場榮寵息息相關，說穿了，國舅爺的尊貴，全拜他長姊母儀天下所賜，一旦皇后不再是皇后，國舅爺又值多少呢？

他與國舅爺的最後一次交談，是國舅爺難掩懊悔，說著：「養虎為患。」

「那隻虎，本打算一輩子效忠，被當成狗來使喚也無妨，可是，牠的主子強行奪走牠心愛東西，與其說是牠背叛，不如說是牠的主子背叛了牠——」

於是，虎爪反撲，咬斷國舅爺的咽喉。

「綺繡，妳那時，是想著我的吧。」赫連瑤華再問她。

「不……」她彷佛除了「不」這個字之外，再也說不出其他言語。她否認得太虛弱，間接坦誠她的口非心是。

「妳怕，喝下鴆毒的人會是我，妳不希望我為了妳，開罪國舅爺，妳想保護我，即便知道危及自己性命，同樣義無反顧，妳無法見我受到威脅，這就是妳理由，我有猜錯嗎？綺繡。」

她若如她所言地恨他，就該讓他成為國舅爺的眼中釘，藉國舅爺之手除掉他，想盡辦法將那杯鴆毒送進他嘴裡，達成她報復的目的，她卻沒有這麼做。

她努力想恨他，又不得不愛他，她倍受兩方折磨，她對他的愛，並不像她口中倔強所說的，自始至終都不曾存在，她在抗拒著自己的心，所以她死而復生之後，態度丕變，她將她自己逼得太緊，逼自己逃離他——他終於看清楚她的用心，假若她對他只有恨，他對德松下達的命令便不會改變，他會幫她如願以償，痛快報了她爹親慘死之仇；然而，她恨他，也愛他，她更恨自己為什麼愛他，她在他面前想假裝恨意，卻只能做到這種地步，一個光聽見他想尋死便會激動落淚的女人，已經藏不住她最真實的心思。

他要逼她親口說出來，向他哭求、向他撒嬌，說出她深藏數年的芳心祕密……

「不、不是……我、我忘記了……不，根本就沒有理由！那也……無關緊要——」她有些慌亂胡言。

「怎會無關緊要？如果妳的答案是肯定，我便能含笑九泉，死都瞑目，若不然，死去總帶點慘淡落寞。」他流露一抹苦笑，乍見之下，可憐兮兮，七成的示弱，三成的狡黠。她太憤怒於又聽見他拿性命當兒戲，以致並未看清楚他的表情。

「你可以不必選擇死呀！」白綺繡氣惱又氣虛地駁斥他：「你已經知道我是個多可怕的女人，我欺騙你、傷害你，更曾在參茶中下毒欲致你於死，你恨我吧！恨到巴不得將我碎屍萬段！你被過去迷惑了眼，那場姻緣、那段恩愛，全是假的！你不愛我！你不可能愛上充滿心機和仇恨的我！赫連瑤華，別再自欺欺人，承認吧，你的愛情，從最初便錯給了，你還有機會選擇結束它，你不要再假裝自己仍舊深情如昔，不要了……」

「原來，這就是妳內心最害怕的事，也是妳努力想欺瞞自己的事。」赫連瑤華所有困惑煙消雲散，他拼湊出最後一塊碎片，他明白了，恍然大悟，她的種種反應、句句言辭，有矛盾、有反覆，甚至有落差，理由在她方才痛苦嘶吼間，明白揭示。「妳怕我不再愛妳，妳怕我聽見妳靠近我的目的，會讓我嫌惡妳，改變對妳的態度，收回對妳的感情，於是，妳想逃掉，不願意正面迎戰，妳不想受傷，不想承受我的反擊，不想看見我冰冷的面容，綺繡，我說對了嗎？」

一股哆嗦，自她背脊深處竄升上來，像是被探及內心最不願坦誠的私密，他剝除她僅有的防禦，不讓偽裝的糖衣，包藏住她脆弱易感的怯懦，又或者該說，他要她把她的恐懼全部拋給他，不要自己一個人苦苦支撐。

白綺繡臉色蒼白，說不出否認的字句，她沉默著、無語著，等同於默認了。

她被他完全說中心思，赤裸裸地，澄澈無瑕，無法再隱藏。

他說對了！每一個字都是對的！比起被迫重新回到翻騰於他和家人之間的痛苦掙扎，真正令她深深懼怕的，是他反噬的怒焰！

她怕被他痛恨著！她怕被他鄙夷的目光凝視著！她怕他與她之間的愛情灰飛煙滅，連一絲絲的塵埃都不存……她怕，真的好怕！

「綺繡。」他面露微笑，眉宇間又憐又惜，黑眸緊隨著她芳顏上的沮喪變化。「我愛妳，無論是哪一個妳，我都很清楚，妳就是我赫連瑤華唯一要的女人，妳怕我知道真相後會疏離妳，但真正害怕的人，是我，綺繡，我更怕妳說出真相後，妳會放棄我，把仇恨橫亙在妳我之間，劃出深深鴻溝，永不原諒我，讓我只能遙遙望著妳，卻不被允許靠近妳……」

他執握她的手，貼在他臉龐上輕輕磨蹭，又道：「不要離我那麼遠，不要讓我碰觸不到妳。我什麼都可以不要，只求妳在我身邊，當我喊著妳的名時，給我回應，同意我繼續愛著妳，這樣就夠了，綺繡、綺繡、綺繡……」

喊了五年，試過了溫柔的、任性的、威逼的、哀求的、失聲痛哭的……種種口吻，都沒有人會回應，那樣的孤寂和落寞，他已經怕了。

白綺繡原本被箝制於他的手，忍俊不住地撫摸他削瘦不少的臉，她淚光朦朧，顫著聲問：「我們被允許可以相愛嗎？我可以……愛你嗎？」

她不知道自己能否擁有這個權利？不顧所有親情，不理恩怨仇隙，成全自己……能嗎？能嗎？!

「妳不用煩惱這種問題，妳只需要放膽去愛，其餘會面臨的阻礙，全部由我來解決，我不會讓妳在負累的情況下，鬱鬱寡歡，我要妳毫無顧忌，發自內心地開懷快樂，日後唯一的困擾只剩擔心給我的愛夠不夠多……」

第十二章

嚴家當鋪。

他帶她來到一個怪異又陌生的地方，這裡與她毫無淵源，他卻說嚴家當鋪對她和他都相當重要，絕對要走這麼一趟。

這裡沒有她的家人，亦沒有熟識的臉孔，怪異的是，每個人好似都認得她，見赫連瑤華抱著行動仍不方便的她踏進府裡，眾人都包圍過來，嘴裡一言一句說著「呀？就是她呀？」、「我瞧瞧我瞧瞧！長得挺清秀的」、「總算辛苦有了代價，太好了！真的太好了！」、「恭喜恭喜呀」……

她一頭霧水，更被瞧得渾身不自在，她被赫連瑤華抱往位處明鏡大池旁的四層樓閣最頂端，視野極佳，池畔美景一覽無遺，微風吹皺波瀲水面，隨風掃來的粉嫩花瓣撒落其上，美不勝收，但是，她無心欣賞，赫連瑤華安置好她，便暫先離開，也不告訴她要去哪兒、辦些什麼事。

正在她惶然環視這座樓閣，幾個美姑娘連袂而來，一人手裡端著一盤甜品，擺滿圓桌。

「來，喝茶。」當中有位身著水藍絲裳的年輕少婦，為白綺繡斟了杯暖呼呼的香茗，她趕忙道謝，伸手去接，那少婦手裡抱著一個小嬰娃，娃兒睡得正香甜，嘴裡呼嚕呼嚕吹出小小唾泡，少婦笑道：「我是歐陽紅意，妳應該不識得我，不過我和妳算是老朋友了吧，我還替妳梳過好幾次頭髮呢。」

歐陽紅意？

嗯……她很確定這是頭一回聽過這個姓名。

白綺繡臉上的茫然，令歐陽紅意發出銀鈴輕笑，她在白綺繡身旁坐下：「我曾在赫連府裡當過幾天小婢，被赫連瑤華命令幫妳盤髻，那時妳還……沒醒，所以不記得很正常。」歐陽紅意補充。

白綺繡點頭，大概有了初步的了解，卻仍不是很明白赫連瑤華帶她來此的用意。

嬰兒嚶嚀的輕吟像貓兒，軟軟的、嫩嫩的，吸引大人們注意，紛紛望向仍處於熟睡的紅潤稚顏。白綺繡盯著粉凝般的漂亮娃兒瞧，思緒卻飄往她腹中無緣的孩子──

那是身為娘親的直覺，她的孩子已經沒有了，她感覺不到與他血脈相連的羈絆、感覺不到他在她體內的心跳……

她與赫連瑤華都並未提及此事，彷彿誰也不願主動碰觸這個教人悲哀的事實，他不說，她不問，孩子是如何離開，唯一可以肯定的，孩子是因她而死，她剝奪掉他投胎入世的機會，她喝下鴆毒時，完全忘掉自己是個人母……

她對孩子充滿了永遠無法消弭的深深歉意。

「想抱抱看嗎？」歐陽妅意不知白綺繡此刻的心痛糾結，以為她只是看孩子粉嫩可愛，才目不轉睛看著他。

白綺繡立刻搖首：「不了……我怕我抱不牢，會摔傷孩子。」她的雙手仍使不上全力，輕些的東西能拿，但一個嬰兒的重量，她不敢嘗試。

「這小傢伙確實不輕。」歐陽妅意笑了笑，拍拍懷裡寶貝的小屁屁。

「男孩女孩？」白綺繡光憑娃兒身上的鵝黃色包巾，無法分辨性別。

「男孩，一顆小皮蛋，真想把他重塞回肚裡去，省得我每天夜裡都沒法子好好睡。」歐陽妅意嘴上抱怨，臉龐卻漾著好美的笑靨，一會兒又故意板起臉，向白綺繡數落赫連瑤華的壞話：「要不是赫連瑤華強逼，我真不打算生第二胎，偏偏他好惡霸，日日教人送補湯來，好似巴不得我剛生完女兒，盡快再懷上下一個，他真以為生娃娃像母雞下蛋，噗一聲就孵一個嗎?!」好不容易第一顆小蘿蔔頭脫手了，自個兒會爬會走，新手爹娘熬過最辛苦的育兒時期，又得重溫一回惡夢，真想將小皮蛋加一袋尿巾，送給赫連瑤華養大再送回來！

白綺繡聽胡塗了。

要不是赫連瑤華強逼？生孩子這種事，怎能逼迫而來，那是一個男人與一個女人經由頸項纏綿過後——

她倏然呆住，水眸瞠大地望向歐陽妅意，以及她手上的孩子……

赫連瑤華帶她來見她，就是要她知道歐陽妅意的存在嗎？

白綺繡喉間苦澀，沙啞微哽，擠出話來：「他……是赫連瑤華的兒子？」

歐陽妅意險些連人帶子地摔下椅子，身旁幾個顧著吃喝的姑娘也掩唇悶笑。

「當然不是！」歐陽妅意中氣十足，強烈否決，顧不得嚇不嚇醒孩子。「他是我和我家那口子生的！赫連瑤華沒使上半點力哦——充其量只是提供補品給我而已！」光瞧孩子的模樣也知道他與赫連瑤華八竿子打不上關係嘛，她兒子長得多像他爹呀！

「小皮蛋和古初歲一個模子刻出來，性子像妅意。」左側的美姑娘毫不客氣明指小傢伙的壞脾氣是遺傳自娘親。

「呃，抱歉……」白綺繡大鬆口氣之時，也感到無比歉然，怪自己差點壞了歐陽妅意的名譽。「但妳方才說瑤華強逼妳生了這孩子，是什麼意思？」

「咦？他沒跟妳說呀？」

「沒有。」

「我還以為他會向妳邀功哩。」歐陽虹意熟練拍拍張眸將醒的兒子，舒適的手勁把他又給拍睡，才低聲道：「他沒說他為了早日取得金絲蠱卵，只差沒站在我和我家那口子床邊，強迫我們夫妻倆行房的諸多惡行？」

「金絲蠱我是知道，可……我對牠一無所知。」

「妳身體裡那隻軟綿綿小蟲，是我女兒出世時帶來的。」歐陽虹意簡簡單單說了蠱族之事，以及共同擁有金絲蠱的男女結合之後，金絲蠱產卵，隨著懷胎十月，與呱呱落地的嬰娃一併來到人間，至於金絲蠱的神效，她不用多言，白綺繡應該親眼見識過了，可以省略不提。「赫連瑤華討走蠱卵，拿去餵妳，等了很久，妳體內蠱卵都沒有孵化跡象，於是他急了，要我們夫妻倆履行承諾，再給他一顆金絲蠱卵，所以我們才又生了個兒子呀。」

「金絲蠱對蠱族人如此珍貴，妳怎會捨得把牠送給瑤華？這麼一來，妳女兒不就失去了金絲蠱的庇護，假若日後……」天有不測風雲，誰都無法保證自己不會遇上危險，體內有隻神奇聖蠱，在危急時候，可以換來一線生機。

「送？這個詞兒不好，我覺得妳用『搶』比較合適。妳家那口子有多劣性妳會不知道嗎？厚，說起他的罪行，三天三夜大概只能講完一半！」歐陽虹意翻翻白眼，即便現在與赫連瑤華關係良好，自個兒寶貝女兒又愛黏他，但往事恩怨每回想一次還是會氣一次。「先姑且不說他砸錢買下我家那口子，把他當成牲畜關進地牢，更過分的是他剖開我家那口子的胸膛，想挖他的心拿他的蠱，如果不是金絲蠱，我家那口子早就掛掉了！這也就罷了，我混進赫連府想救自己心愛的男人，忍辱當婢，好不容易救出我家那口子，妳家那口子卻像頭黃鼠狼從我身後冒出來，拿匕首劃斷我的咽喉，擺明要致我於死！」越說越氣、越說越氣……

「歐陽姑娘，請、請息怒……」

「哇！嗚哇……」歐陽妅意懷中的小傢伙被嚇醒，這一回當真號啕大哭，豆大眼淚爬滿小臉。

「呀乖乖乖乖……別哭……小祖宗別哭了……乖乖乖乖……」歐陽妅意哄騙無用，只能把孩子胡亂丟給身邊其他姑娘抱，看誰能制住他，孩子在每個人手上繞了一大圈，哭聲只有愈發響亮，最後歐陽妅意沒了主意，只能抱著燙手山芋，尋找救兵去！

歐陽妅意走掉，又換了一個姑娘坐過來。

「妅意每回說到那件往事，總是很激動，我夫婿算是親眼目睹的人證，當時確實教人永生難忘。呀，忘了自我介紹，我是瓔珞，我夫婿是妅意的義哥。」

「瑤華他……做了這麼過分的事？」白綺繡尚處於震驚之中，歐陽妅意口中說的「赫連瑤華」，行徑近乎偏激。

「是呀。不過『過分』這兩字，誰都可以指責他，就妳不行，他是為了妳，才會如此偏執，為求金絲蠱，不擇手段。」沈瓔珞說起話來輕聲細語，舉止優雅，瞧得出她家教良好。「我是旁觀者，有許多部分是從我夫婿那兒聽來的。當然，我夫婿對赫連公子有些偏頗，說的盡是些壞話，不過我自己用雙眼看過，雖然我不見得全部苟同，然而赫連公子待妳之用心，令我動容。」

「……可兩個人的愛情，不該建築在傷害他人之上，這讓我對歐陽姑娘和她的夫君感到好抱歉……」他曾經如此對待歐陽虹意，幾乎要害得一對鴛鴦分散，他該要明瞭失去愛人的痛苦，己所不欲，怎能施予他人？

「那全過去了，現在赫連公子與虹意他們像是朋友，妳別在意，虹意有口無心，只是嘴上抱怨而已。」沈瓔珞笑道。

「對呀，三天兩頭就有鱘鰉魚、千年人參、天山雪蓮送進府裡給大家打牙祭，吃人嘴軟，全嚴家都嚐過甜頭，誰還會記恨赫連瑤華。」另名姑娘咭咭笑道。

「現在妳醒過來了，不知道赫連瑤華會不會很現實就啥也不送進來。」一句風涼話，混著痛失珍稀食材的扼腕，跟隨繡鞋上玎玎銀鈴聲，踩上樓閣曲階。

白綺繡見到美得驚人的年輕姑娘悠哉而來。

「小當家。」沈瓔珞立即起身輕福，足見年輕姑娘的身分不凡，再加上「小當家」三字，說明眼前粉緻美人是府裡主子。

嚴家主子嚴盡歡逕自坐下，纖細腿兒交疊，坐姿慵慵懶懶，不用吩咐，熱茶隨即遞到她手邊，她啜著，又擱下。「久仰大名，赫連夫人，我是嚴盡歡。」

對全嚴家而言，白綺繡是傳奇人物，一個死去多年卻又教赫連瑤華不願放棄的女人，嚴家甚至開過賭局，賭她是否最後能在赫連瑤華的辛勤奔波下再度張眸甦醒。

「嚴姑娘。」白綺繡頷首。

「要趕快叫謙哥去研究池裡那幾條鰐鰉魚如何傳宗接代，否則嚐過那等美味，以後吃不到怎麼辦？」嚴盡歡只關心自己的口腹之慾。說完又覺自己太沒天良，於是主動問候一下客人：「妳已經痊癒了嗎？都沒有後遺症吧？」

「謝謝嚴姑娘關心，我一切都好。」畢竟與嚴盡歡不熟，白綺繡很難與她聊開，只能有什麼答什麼。

「那赫連瑤華呢？他吞的那顆蠱卵孵出來沒？不會白白浪費掉了吧？太可惜了，金絲蠱卵拿來賣，價錢應該很不錯。」嚴盡歡好惋惜。

「瑤華也吞下一顆金絲蠱卵？」

「對呀，妏意剛剛抱著的小皮蛋，出生時拳兒裡握的那顆，被赫連瑤華吞進肚裡啦，據說他本來打算等蠱孵育出來，再剖開自個兒身體，取出金絲蠱給妳。古初歲說，死人沒法子用體溫孵卵，所以沒人看好妳吞的那顆蠱卵能成功，好在他吞下去沒多久就傳來妳清醒的消息，否則赫連瑤華自己就會挨上一刀，說不準還賠上性命一條。」想想覺得赫連瑤華真是賭上生命了，以自身為餌，養出金絲蠱，再開膛剖腹，忍受難以想像的劇痛，要把金絲蠱由身上轉移給她，希冀孵化的金絲蠱能在她冰冷身軀裡為她治療，嘖嘖嘖……她雖對赫連瑤華的好感僅只於他貢獻好食材給大家補身體，但對於癡情這一點，她有些刮目相看。

白綺繡眼眶紅了，鼻腔酸了，心裡翻騰著激動。

他做得太多，而她懂得太少，曾經指責他將她變成了妖物，那些話，多傷人，他那時，一定感到心痛又悲哀吧……

「不過，我們也下過注，賭他體內那顆蠱卵孵不出來，畢竟一個渾身中毒的人，毒血能不能餵養金絲蠱誰知道呀？古初歲雖然是藥人，但他的情況與赫連瑤華不同，古初歲是自小體內便養著蠱，日後才被餵食各種劇毒，他的金絲蠱跟隨主人天天飲毒，變得具有抗藥性，可赫連瑤華是將一顆珍貴蠱卵丟進中了毒的身體裡，蠱卵不見得能適應毒血。」

她真好奇，古初歲明明說白綺繡體內的金絲蠱孵化希望渺茫，害她下了重注，賭白綺繡這輩子都沒機會醒來，結果，白綺繡醒了，她也慘賠大半銀兩，然後嚴家當舖又開了另外一局，賭赫連瑤華腹裡那顆能不能變成蠱蟲，古初歲說「赫連瑤華體內含毒，沒解乾淨之前，蟲卵難以存活」，妘意卻說「白綺繡連死都能養出金絲蠱，誰保證赫連瑤華不會是第二個例外」，古初歲又說「白綺繡雖死，但她經常浸泡熱藥浴，興許是那樣的溫度，育化了蟲卵……」，紅意堵他「白綺繡也是因為中毒身亡，她的血同樣含毒，金絲蠱不也成功孵出來了？」，古初歲沙啞辯駁「白綺繡的血液並未流通，金絲蠱或許正巧潛進了某部位毒性未達之處……」，紅意啐他「你幹嘛不直接說每顆金絲蠱的韌性不同，有人的蟲蟲就是又肥又大又健康，有人的蟲蟲就是又瘦又虛又營養不良？這麼多顆金絲蠱，總可以有幾顆變種吧？你想想，你的『古大呆』陪你吃毒試藥多年，早就養得不像正常金絲蠱，牠的後代，不能用區區一般金絲蠱看待，說不定哪天孵出一隻怪模怪樣的玩意兒。」

古大呆是歐陽紅意為古初歲體內那隻金絲蠱取的名兒。

古初歲寵妻寵上天，聽完愛妻教訓，頻頻點頭稱是。咕，沒用的妻奴。

兩造說法都有可以採信之處，害她下注下得很沒有通殺的把握……

「瑤華中毒了？」

「妳看不出來嗎？他那種臉色，瞧也知道病入膏肓了吧?!哪有正常人膚色會透著暗黑鐵青加慘白？沒見過這麼不顧後果的蠢男人，把自己當成蚊蟲在薰，又泡毒湯毒水的——」要不是古初歲時常偷偷在赫連瑤華的茶水裡加些血呀唾的，赫連瑤華早就被他自己給毒死了吧！

嚴盡歡見白綺繡瞪大的眸間泛開一片淚霧，頗為吃驚：「妳當真都不知道赫連瑤華做的那些事？他抱妳一塊兒去浸泡防腐毒藥浴？每天在房裡點燃防腐毒藥香？」

她真的都不知道……

為什麼沒有人阻止他？為什麼沒有人勸服他？

不，有的，一定有，是他聽不進任何阻撓，一意孤行，做出眾人眼中名為瘋癲的可怕行徑。

為她。

她不知該說什麼才好，不知能說什麼才好，他承受五年來的折磨，是她給他最殘忍的報復，夠了！真的太夠了！她沒有資格這樣對待他，他所犯過的錯沒有如此嚴重，他不是劊子手，她爹不是死於他之手，他只是站在一旁，說了幾句冷言冷語，沒伸出援手，不過就是這樣而已呀……

「他常常到嚴家來，催促豇意和古初歲趕快生孩子，突然之間，兩管鼻血咻地就流下來，剛開始我們還以為他看見啥火辣香豔的場景，有一回更是面對義哥時流鼻血，氣得義哥當作他在猥褻他，差點沒賞他一拳，後來才知道，那是他毒發作的現象，妳沒有見過嗎？」嚴盡歡彷彿想更刺激她，續道。

她沒有見過。醒來這段日子裡，她逃避著他，沒有關懷過他，拒絕去聽他為她做了些什麼，她自顧自地躲在自己架構起來的封閉世界，將他鎖於心門之外。他毒發了幾次？他痛苦嗎？他如何支撐過去？這些……她都忽略了。

「妳現在還來得及做些事。不用露出沮喪表情，妳趕快去找古初歲，向他求藥。雖然大伙表面好似都與赫連瑤華毫無嫌隙，裝出恩怨莫提的釋懷，實際上才不是這樣，古初歲恨極了赫連瑤華，明明簡單就能幫赫連瑤華解毒，他卻故意不救，他等著看赫連瑤華死，以洩曾受赫連瑤華迫害之恨。」嚴盡歡俏顏緊繃，認真說道。

白綺繡寒毛直豎，越聽越膽戰心驚。

「這也難怪，天底下有誰心胸如此寬大，都被綁在榻上劃開胸腹，嚐遍劇痛，又親眼看見愛人慘遭割喉，還能與始作俑者稱兄道弟？」嚴盡歡又補上一句。

「請告訴我古公子在哪裡——」白綺繡央求道。

「古初歲住那邊，他很好認，聲音最難聽的那隻，就是他了。」嚴盡歡纖指一指，遙遙落在池的另一端。

白綺繡匆匆道謝，緩慢站起，步履蹣跚，扶著欄，偎著牆，一階一階走。

「歡歡，好熟悉的橋段哦。」自始至終忙著吃綿糕的朱子夜總算抬起腦袋，耳裡方才聽見的說詞口吻，好似曾在某一年，嚴盡歡也用來欺騙過一個無辜少女——就是她——害她做出超丟臉的舉動……

「是呀，小當家，您把古大哥說成心胸狹隘的人了。」侍立在嚴盡歡身後的小婢春兒替古初歲抱不平。她從沒見過比古初歲更好說話的人，無論男女老幼、認識的不認識的，只要是需要他藥血救命，他都能大方相贈，哪可能會對赫連瑤華例外？

嚴盡歡抓起一把玫瑰瓜子，磕得咔咔有聲，軟嫩嫩的嗓，悠哉輕吐：「我在幫古初歲和奼意出口鳥氣。被赫連瑤華欺負成那樣，現在小小惡作劇一下又何妨？」完全沒有心虛和內疚。

幾名女人只能相覷，無法干涉嚴盡歡做的事，每個人將目光送向正吃力下樓的白綺繡——

這段路程，對尋常人而言或許不算遠，只消一盞茶時間便能到達，對白綺繡卻遠若天涯，她無法貪快，就算心急如焚，也不能奔跑。

行走速度太慢，慢到足以教她再三反芻，反芻過往種種，心裡的酸甜苦辣，交相充斥，那些回憶，不全是甜蜜，也不全是痛苦，它們無法以一種滋味來論斷，恨他時的苦澀，愛他時的甜美如飴，知道他有婚約時的酸辛，被他擁抱時的熱辣如火……她帶給他的，亦不是單一的味道，她讓他難受過、讓他等待過、讓他茫然過、讓他吃盡苦頭過。

她有給他快樂過嗎？

他覺得有她會比沒有她來得更好嗎？

她值得嗎？

她給得好貧乏，他給得好豐裕，這輩子，是注定虧欠他了，起碼現在她必須讓他解掉體內毒性，那些因她而中的毒香。

古初歲並沒有待在他與歐陽虹意的小廂園裡，而是在不遠橋畔，和歐陽虹意兩人忙哄兒子，身旁一個粉色小女娃，揪住他衣角不放。

還沒聽見他開口，她便能篤定他是她要找的人，他站在歐陽虹意身邊，兩人流露的相依扶持，若非關係親密的伴侶，不會有教人欣羨的氛圍。

她微喘，不顧雙腿傳來的痠軟抗議，小步伐奔跑起來，匆匆趕至橋畔，踉蹌跌撞，終抵古初歲面前，雙膝一曲，是已達體力極限，是跪倒致歉，更是哀哀請求。

「古公子，我代瑤華向您磕頭認錯！他對您所犯的無禮，我在此賠罪，請您大發慈悲，救他一命，我白綺繡願此生為奴為婢，下輩子做牛做馬，報您大恩大德！」白綺繡伏身跪倒，光潔秀額抵地，極盡屈卑，每說一句，都伴隨一記響亮叩首。

「赫連夫人，妳這是做什麼?快起來!」歐陽虹意急忙蹲下，要扶她起身。

她婉拒，仍朝古初歲一逕叩拜，焦急說著：「我知道他帶給您和您夫人莫大的傷害、恐懼的惡夢，我不敢請求您的原諒，卻要厚顏無恥求您替瑤華解毒——他所做所為都是為了我，理該由我來背負您的怒氣，不要怪他……」

「赫連夫人，我想，妳好像有些誤會。」古初歲嗓子粗礪，與他雅秀的外貌全然不吻合。他抱著兒子，牽著女兒，與歐陽䲼意一併蹲身，偏著頭，既迷惑又好笑地望著猛向他跪拜的白綺繡，「我對赫連瑤華沒有一絲一毫的怨氣，更沒有原不原諒的問題，妳快請起。」

「您……沒有恨瑤華嗎？」

古初歲搖頭，堅定地。

「可他明明對您……」而且嚴盡歡剛才說的那些駭人語句，又、又是怎麼回事？

「過去了，沒有那些歷程，便不會有今日的古初歲，我真的不恨他，相反的，若不是他由軍醫手中買下我，我怕是沒有機會遇上䲼意，所以，我對他還有些感激呢。」加上這幾年來，赫連瑤華確實對他們夫妻倆照顧有加，雖然存有目的，卻無損其用心良苦，再思及歐陽䲼意懷女兒時面臨流產的危險，若不是赫連瑤華動用關係，迅速調來宮廷醫官，興許歐陽䲼意與女兒都挺不過鬼門關。他對赫連瑤華有怨，也永遠敵不過此恩此德。

「所、所以……您願意救瑤華，幫他解去體內的毒嗎？」她仍有些遲疑不信，一個險些喪命於赫連瑤華之手的人，怎有海一般寬廣的胸懷，既往不咎？

「當然。這也是我一直想做的事，但赫連瑤華不領情。」說穿了，問題的癥結在赫連瑤華，而非他。「赫連夫人，妳能勸勸他嗎？」

「嗯！」白綺繡用盡全力，重重頷首。若是要說服赫連瑤華，她有信心。

「那太好了。請吧。」古初歲突然朝她身後揚手，她一回頭，發覺赫連瑤華不知在她身後佇足多久時間。

背光下，赫連瑤華神情教人瞧不清晰，只見他緩緩走來，單膝跪地，雙臂一攬，自她身後將她密密抱在胸坎間，他的呼息，拂於她雪白頸後，極度燙人。

「瑤華……」

「我本來打算帶妳來見見妳的小恩人，沒想到妳已經朝她跪下？這禮未免太大了點。」他笑著說，聲音又混雜了些些瘖啞，「她叫恬兒，是她的金絲蠱救活妳……如果可以，我想要一個像她可愛的女兒。」

「瑤華，讓古公子為你解毒，好嗎？」比起與他談論這些，她更在意他的身體。

「好呀。」

白綺繡的勸說，不費吹灰之力。赫連瑤華沒打算尋死，他還想與她過一輩子呢。以前拒絕古初歲解毒的提議，是他不確定她能否回到他身邊，若不行，就讓他被毒香吞噬也無妨。可現在不同了，他要好好活著，身體健康才有本錢與她廝守，不用她開口，他也打算主動向古初歲要求。

只是由她口中說來，彷彿糖蜜沁甜，那是關心、那是擔憂、那是不願見他有分毫性命危險的央求。

他看見她為了他，跪在古初歲面前，磕頭點地；聽見她為了他，焦急扛罪，放軟身段……

他的綺繡。

她放寬心地輕吁口氣，放軟身子，偎入他懷中，人一安心，才發覺自己的雙腿微微在顫抖，那是心急奔跑的後遺。

古初歲與歐陽犾意多為眼前兩人開心，他們皆親眼目睹赫連瑤華這些年來的等待，以及等待落空的痛楚，而今他終於得償宿願，尋回心心念念之人。

誰都不想去破壞此時的甜蜜祥和，只除了一隻很不識趣的小傢伙——

恬兒笑靨如花地撲過去，介入愛侶之間，「河練淑叔」這句不標準發音滿場飛。

眾人都笑了。

今日的陽光，暖洋洋撒下，淡金色光暈包圍著每一個人，教彼此都璀璨不已。

「不留下來吃個午飯再走？我讓廚子殺條鰣鰉魚，做一魚多吃來招待你們呀。」用膳時刻，嚴盡歡恪盡地主之誼，留客吃頓飯，珍貴鰣鰉魚是赫連瑤華送的，拿一條回饋他也無妨。

對於她剛才誆騙白綺繡的行徑，完全不多加解釋，俏豔臉蛋上更沒有絲毫歉疚，府裡無人敢指控她的惡性，雲淡風輕得像不曾發生過。

赫連瑤華喝完白綺繡捧到唇間的「加料」暖茶，茶香混雜淡淡腥鏽味教他皺眉，然而她雙眸眨也不敢眨，盯著他飲，神情肅然認真，如臨大敵的模樣，又令他心口暖熱，於是乖乖地，由她餵他啜盡這杯血茶，再由她執袖替他擦拭唇畔。

「不，我們還有一個地方要去。」赫連瑤華阻止白綺繡碰觸他唇邊的茶液。古初歲的血，是藥是毒，有病能治，沒病卻不保證無礙，他不要她冒險。

「我們還要去哪？」白綺繡眸子鎖在他臉上，專注注視他臉色的變化，多希望他喝完那杯解藥之後，鐵青色的毒澤會瞬間褪去，恢復紅潤……

赫連瑤華打橫抱起她，腳步雀躍地離開嚴家當舖，上了馬車，才告訴她，「我帶妳去吃一碗粥，一碗由娘親為她女兒熬煮的粥……」

「你……」她先是怔忡，聽懂了他的語意。

他當真去找了她的家人，然後……

他被為難嗎？

是否被擋在門外？

娘親罵他了嗎？

兄長刁難他了嗎？

白綺繡慌張思忖著，想問他，又覺得他即便受到委屈，也不會吐實，問了等於白問。

直到熟悉的家園透過車廂小窗映入眼簾，街景變得模糊不清，被濛濛水霧濕潤著。

直到看見站在屋外的娘親，候著乘載她與赫連瑤華的馬車停下，娘親兩腮的淚，滑過綻放笑靨的輕揚唇角，烏髮間雪般白亮的銀絲，道盡一位母親多年來的憂愁與悔恨，她想，她得到了答案。

尾章

夜，清寧雅淡，月兒在林梢，暈散著柔和澄黃，它看來多與世無爭，靜靜地，懸於夜幕天際，點點繁星，相伴左右，任誰都無法想像，在這樣安憩的夜晚，幾個時晨之前，竟是教人魂飛魄散的驚嚇。

正當白綺繡讓赫連瑤華抱下馬車的同時，巷邊奔出一條襤褸人影，人影渾身髒汙，面容難辨，只見他目光凶狠，自破損衣裳間抽出劈柴柴刀，便是一陣胡亂砍殺！

白綺繡驚嚇尖嚷，身子一旋，赫連瑤華猛然背過身，阻擋凌亂刀光揮舞傷她，他雙臂收緊，箝護她在懷中，濃烈血腥味飄散開來，沁入鼻腔，磨亮的柴刀早已染紅，刀子落下再舉起，血霧飛濺，噴灑在那人猙獰臉上——

「不要！不要！」白綺繡雙手繞到他背後，要保護他，不許柴刀無情肆虐於鮮血淋漓的寬背上。

刀子無眼，砍傷她的雙手，柔嫩手背、纖蔥十指，無一倖免，金絲蠱迅速由她心窩深處竄出，來到傷處噴吐絲線，將傷口縫補咬合，疼痛瞬間來又瞬間走，傷口甫癒，下一刀迅速再來，只見銀絲不停在半空中來回穿梭，交織著她與他的鮮血，光景妖異。

「綺繡！」他試圖將她的雙手從背後拉回來，想不到她力量恁般巨大，彷彿爆發出一股蠻力，她甚至妄想徒手去抓那柄柴刀……

「你住手！」她朝那殺紅雙眼的人吼著！慌亂瘋狂地吼著！

德松箭步衝回，手裡奉命去採買的鮮果掉滿地，他出手制伏住那人，奪下血淋淋的柴刀，白夫人也緊握竹帚，慌張奔來要打惡徒，聽見白綺繡淒楚叫聲，屋裡的兄長及小弟亦匆匆出來查看。

赫連瑤華倒臥在她胸前，一身浴血，她失控號哭，而她體內金絲蠱仍自顧自為她療傷，絲毫不知真正傷重的人是他而非她！

「不是我！你要救的不是我！金絲蠱，到他那邊去！求你，到他那邊去——」她顫抖大哭，染滿他溫熱鮮血的柔荑，抓住一縷比青絲更細膩的銀絲，拉扯它，要將它按在赫連瑤華血流不止的狼籍傷口，可那縷銀絲迅速沒入她膚肉間，補起幾乎見骨的刀傷。

她雙手的傷口，消失無蹤，金絲蠱鑽回她疼痛欲碎的心窩內，休養生息，聽不見她的苦苦哀求……

「不……不……瑤華……瑤華……」她不要獨自獲救！不要失去他而活下來！她不像他堅強！她無法熬過痛失所愛的苦，再抱著奢望他復生的心願，等他五年再五年……

「怎、怎麼這麼痛……」赫連瑤華悶在她懷中，咬牙忍受亂刀砍殺的劇痛，額上冷汗涔涔，薄亮一片。

「我去找大夫！」德松將行凶歹徒五花大綁並一掌擊昏後，飛奔而行，不敢多有遲延。

「背……又痛又燙又癢，不舒服。」他竟還有心情描述傷勢帶給他的感覺。

痛，燙，她知道，當初她一家遭遇惡徒砍殺，這兩種滋味，也是她昏厥過去前的唯一感受。

但……癢？

是她聽錯，抑或他失血過多，神智不清，開始胡言亂語了？

不，她感受到了，那股搔癢，在她雙手之間，清晰明白，那是被詭異絲線滑過肌膚的撩動，更像是將手探入一頭細緻青絲間，被縷縷髮絲包圍的感覺——

白綺繡更激烈大哭，只是這次的淚，充滿欣喜。

不住發抖的雙手，把赫連瑤華抱得更緊更緊更緊。

發亮的黑絲線，色澤比彼此墨色長髮更加深濃，不見白亮的銀，不見澄澈的透明，那又何妨？即便隱隱約約在傷口間探頭忙碌的純黑蟲兒，沒有耀眼的金黃，仍是美麗得教她難以直視。

生命，自會尋找出路，金絲蠱在她這個已死之人的體內仍有孵化機會，那麼，浸濡毒血之間的蠱卵，處於不利孕化的宿主環境，啜著毒，被迫改變習性，失去金絲蠱原有外型，亦毋需驚訝。

「瑤華……」她一直屏著息，凝視黑絲穿梭交織，看著血紅傷口因而密合，黑絲留下的痕跡在他膚上沒有消褪，但傷勢已不復見，直至每一道刀傷不再帶出血液，她才開口喚他。

「是金絲蠱嗎？」他背上的動靜，很難不讓他往這方面猜測，可惜他無法親眼轉頭去確定。

「不是。牠應該不能算是金絲蠱……牠是黑的。」她破涕為笑，忍不住伸出食指，好輕好珍惜地觸摸那隻蠱蟲留下的黑線。

「黑心肝的人，養出黑色金絲蠱，真是貼切。」他自嘲一笑。痛與燙，正在舒緩，陌生而奇異的感受，原來就是金絲蠱治傷的過程。

他的身體，孕育出變種的金絲蠱？

不意外。

他曾經擔心過，蠱卵在他體內無法順利孵化，古初歲告誡過他，金絲蠱必須在一具健健康康的宿主軀體內，受體溫包覆，待其破卵而出，牠會鑽至血脈間，啜飲宿主鮮血，那時的蠱，脆弱無比，血液中只消有一些些污染或不潔，都會扼殺牠性命。

他的血，有著毒香侵襲的後遺，他很清楚，但他無法容許自己遠離那些毒香，綺繡需要它們，她的身體每一分寸都需要藥草沐浴，他不放心任何人去做，誰都不可能比得上他心細……

他在賭，賭一分運氣，賭一分人定勝天，賭一分他對白綺繡的絕不放棄。

他贏了。

他坐直身，摸摸血濕的背脊及身上那片刀痕累累的破裳，已經摸不到任何傷口，他立即執握她的手，細細審查，刀傷此刻只剩下顏色鮮紅的平緩條紋，但錯綜複雜的凌亂紅痕，相當觸目驚心，足見當時她是如何奮不顧身捍衛他，若沒有金絲蠱，恐怕這十根漂亮蔥白的秀指，起碼有六根會被硬生生斬斷……

他再對她板起臉：「綺繡，下回我不允許妳再做這種伸手擋刀的蠢舉，聽見沒，不許。」口氣嚴厲，動作卻無比輕柔，將她的手抵在唇邊，吻著，吻著那些淡痕，一道，又一道。

白綺繡無法給予正面承諾，她比誰都更希望不會有下回，不要他再遇見這麼駭人的刺殺，但她不能保證，萬一……只是萬一，又碰上了，自己能忍著不去保護他……

「那人……是誰？他為何要做出如此凶殘之事？」白綺繡想壓下寒顫，卻隱藏不好，聲音依舊聽得出正在發抖。

「我不記得。」錯事做太多，樹敵無數，一時之間真的想不起來。「我讓德松去查清楚。別怕。」

「別讓自己身陷險境……」

「我盡量。」看見她這般擔憂，他自有分寸，知道該要好好保護自己，才能不惹她傷心難過。

「幸好……金絲蠱有孵化出來……真的幸好……」她不敢深思，今日若沒有金絲蠱，他該怎麼辦？她又該怎麼辦……

「那隻金絲蠱，本來是為了救妳才吞下去，沒想到最後獲救的人是我。」

「可是牠……」白綺繡欲言又止。

「嗯？」

她看見黑色金絲蠱吐完最後一縷絲，氣竭靜止，再也不動。春蠶到死絲方盡，同為虫類的金絲蠱，走向同樣命運，尤其牠的孵化原先便已屬奇蹟，一般金絲蠱無法存活的帶毒環境，破壞了牠的健康，使牠比其他金絲蠱更加脆弱……

牠第一次，也是最後一次，為牠的宿主，燃燒生命。

白綺繡真誠地、動容地，在心裡向牠不斷不斷不斷道謝——

「沒有……牠好努力，我謝謝牠……」白綺繡抱緊他，藉以抱緊隱沒在他體內，終將化為他的血肉，歸於春泥的蟲蟲。

兩個剛剛被當成麻布袋在砍的人，拍拍彼此衣裳，他抹去她未乾的淚痕，她擦拭他被鮮血噴濺的臉頰，再相偕起身，帶著劫後餘生的微笑，要進屋裡去喝粥，嚇傻了白家人。

白綺繡想起稍早那場景，忍不住發笑。

明明是感動莫名的一家團聚，卻有個哭笑不得的開端，他們夫妻倆被兄長弟弟纏著追問那是怎麼回事，扛著大夫趕回來的德松一臉好憨好蠢，只能尷尬將大夫又扛回醫館。

然後，眾人坐了下來，共享一鍋熱呼呼的什錦雜燴粥，彷佛一頓再尋常不過的家人聚餐，其間，沒有人提及恩怨及仇隙，娘親招呼兩人多吃點，一碗吃完又趕忙催促他們再盛一碗。

胃被熱粥給脹滿，心，被熱絡給填得好暖和，尤其她重新看見兄長露出久違的笑，談論粥攤生意，身旁陌生的清秀少婦是她未曾謀面的嫂子，據說是被兄長熬煮的粥品美味給拐騙到手的，連小弟也不再木然惶恐，總是不理睬人，他已經是個大男孩，都比她長得更高更壯，七歲的青澀模樣不復見，十二、三歲的黝黑健康，比她這位姊姊更成熟些。

飯後，嫂子收拾碗筷，到水缸旁去清洗，白綺繡要幫忙，被她嫂子微笑推拒，她嫂子指指白夫人，要她過去陪伴多年不見的娘親。

她看見娘親獨自一人站在灶前，擦擦抹抹灶旁油膩水濕，雙肩輕微抖動著，她慢慢扶牆走過去，來到娘親身邊。

白夫人沒抬頭，知道是她，娓娓道：「娘曾經託人帶我進去赫連府，冒充製衣的老嬤嬤，成功踏進妳的房間。」白夫人手裡抹布忙碌來回，灶瓦被擦得乾乾淨淨，卻有水珠子再度墜下。隨著她淡淡開口，水珠子落得更凶：「娘看見妳……躺在那裡，沒了氣息，一動不動，娘替妳量身，偷偷貼近妳耳邊喚妳，妳仍是不醒，妳瘦了好多，雙手像枯柴枝一樣，好像一折就會斷，我那時好惱悔——我做了什麼?!我逼自己的女兒去做了什麼?!我怎麼會害妳變成那樣?!我答應過妳爹，要好好照顧你們三個孩子，卻害妳枉送性命……我無法原諒自己，娘沒有辦法原諒自己的所作所為，娘在心裡默默發誓，我不要報仇了，什麼都不要了，娘只要妳回來，回來就好……」

「娘……」白綺繡輕輕環住她哭顫的肩，眼眶跟著發紅。

「娘還看見他進房，待妳輕聲細語，百般珍惜……認真囑咐我，為妳挑最滑膩細織的料子、黹功最精緻的繡花，再三交代妳喜歡的顏色、款式，連娘親都不知道妳的喜好，而他如數家珍，為妳訂製數十件春裳，他坐在床邊，陪妳說話，彷彿妳只是倦了睡了……娘知道，他是真的很愛妳，娘卻逼妳要殺他……」

白綺繡靜靜聆聽，無論聽過多少回赫連瑤華那段時日的癡心舉動，都仍教她心疼憐惜。

「娘不知道自己是如何走出赫連府，娘被後悔及虧欠所淹沒，只能一直哭一直哭。若能從頭再來，娘絕對不逼妳涉險，娘甘願一家四口拋掉仇恨，平平靜靜過日子……」白夫人用力吸氣，才壓下衝喉而出破碎哽咽。「娘明白那已經是永遠不可能達成的心願……對，在赫連瑤華出現於我們家之前，我以為不可能了，結果，本該深惡痛絕的他，帶來欣喜若狂的消息，他告訴我，妳回來了，回到我們的身邊，仍是牢記著娘加諸在妳身上的復仇折磨，他對我下跪，不求我原諒他，卻求我不要再讓妳受苦，他說我與他，像兩頭獸，正撕扯著妳，如此下去，我們兩方會再度失去妳，他問我，這是我所想要的嗎？他問我，失去妳，我一點都無所謂嗎？不，早在多年前，娘就只剩一個心願……綺繡，娘告訴妳，不要報仇，我們和他沒有仇恨了，他替我救回女兒，便全都相抵而過，娘謝謝他，娘相信妳爹也是這麼想。妳聽見了嗎？沒有仇、沒有怨，妳可以隨心所欲去愛他，妳可以盡心盡力去愛他。」

母女倆，眼淚潰堤，抱在一起，哭成一片。

「娘本來想親口問妳，妳是否真愛他，不過，看見方才妳護衛他的姿態，娘已經得到答案。女兒能找到心意相屬的男人，娘替妳高興。」

至此，不穩的步伐終於踏地，倍受祝福的感情，變得堅固、變得無懼、變得不再茫然。

再也不用掙扎於愛恨之間，毋需強逼自己敵視心愛的男人，胸口壓著的大石被搬開，呼吸彷彿更順暢呢。

充滿驚險與歡喜的一天，起伏劇烈，如沐水火之間，冷得心顫之後又炙燙的充滿感動，終於一切波瀾隨著夜幕低垂而歸於平靜，白綺繡依窗眺望，任由月華淡淡灑落她滿足微笑的姣好面容。

赫連瑤華進房時，為此豔景而屏住呼吸。

好美。

他第一次看見她如此鬆懈無防的笑靨，發自於內心，真正的喜悅，沒被陰霾感染，未受愁緒左右，她的眉目淡似春水，眸光柔似靄霧，飛揚的粉唇，鑲嵌一抹勾勾的完美弧線，聽到他推開門扉的聲音，她側首覷向他，那朵笑花，綻得更絕豔，撩撥他胸口重重為之震顫。

他來到她身邊，甫沐浴過後的皂香及體熱，由他展臂輕擁間，包圍住她。

「德松已經查出那人的身分。」見鬼了，他想說的絕不是這句話！他到底是哪來的自制力，能夠將那句「妳身體休養得是否好些？我可以抱妳嗎？」的求歡給吞下喉去?!

「他是誰?」

「曾經被我重判家產充公的傢伙，挾怨報復，才會尋找機會刺殺我。」

「……是受你冤枉的人嗎?」

她的俏鼻立即為此疑問付出代價，被捏得好痛。

「妳將我看得太糟糕了吧。」他故意左右搖晃，給予處罰。「我赫連瑤華貪歸貪，該認真時，我絕不會胡亂行事。」

「誰教你素行不良……」被捏住了鼻，她聲音變得好童稚、好可愛。

「那人罔顧道德，開醫館，賣偽藥，胡亂開藥給百姓吃，一人死亡，十人終身癱瘓，拿他賺的黑心錢全賠給受害者，便宜他了。」哼，關他五年果然太短，這下加上刺殺父母官未遂之罪，他這輩子別想走出官府大牢。

瞧他義憤填膺，對罪犯行徑不齒至極的冷哼，神情熟悉，她的爹論起案子來，也總是如此。赫連瑤華雖惡名在外，不甚清廉，那個充滿抱負，立志在官場闖出正義的熱血男兒，仍存於他心裡，未曾死去，沒有因為他受過的迫害而完全消失殆盡。

「所以我才說，做好官，死得早。」他嘴裡埋怨。替被害者出了氣，結果差點被人活活砍死。他一直認為當好官沒有好下場，偏偏荒城的教訓他沒有記牢，還是偶爾會挑戰一下當好官的樂趣，尤其在國舅爺失勢之後，再沒有人能逼他做些醜陋事，勾心鬥角不再是生活必須，原來單純可以如此容易。

「千萬別這麼說，千萬別這麼想，坐在這位子上，本該多為百姓盡力，人原本就很難做到兩全其美，順應了這個，得罪了那個，然而，你自己心中那把尺會告訴你，不偏不頗，就算為此會付出代價，至少，無愧天地，無愧於己，也能讓家人以你為傲。」白綺繡撫摸他披散長髮，像摸隻乖貓一樣。

「綺繡夫子，妳又要教訓我了嗎？」

「不敢。」

「今晚天清月皎潔，窗畔獨偎奴與夫，敢問親親小娘子，何忍辜負春宵夜？」他痞痞壞笑，出言調戲她，要她別在如此美景深夜裡，與他討論如何當官的道理。

「貧嘴。」她啐他，兩頰紅通通。

「我確實貧嘴，貧乏得好可憐，需要有人把軟綿綿的唇餵過來，填補我的貧乏……」

他吻了她，一開始就是火辣辣的濡沫交纏，完全沒有循序漸進，沒有由淺到深，直接深探勾引，挑弄她紅嫩小舌，捧著她凝脂臉頰，汲取她檀口間糖蜜般的迷人芬芳，她迷濛氤氳的秋瞳，溫順承歡的回應，教人如何不為之癡狂?!

他的思念，曾是眾人眼中的瘋癲；他的白首偕老，更被視為愚昧可笑的妄想。

這五年裡，他真的好寂寞。

每天執握著她的手，貼在臉旁，冰冷無溫得教他寂寞。

每天望著她彷若沉眠的安詳容顏，無論如何喚她鬧她，緊閤的長睫仍舊不曾顫動睜開，失落得教他寂寞。

每天坐臥她身邊，與她說話，屋裡只有他一個聲音時的單調，孤靜得教他寂寞。

每天、每天、每天，沒有她醒來的每天，都是寂寞。

他想要她為他綻開笑靨，想要被她擁抱，想要被她噴吐的氣息所溫暖，想在她懷中得到撫慰，想要她以柔嫩十指碰觸他，為他撥去一身孤寂——如同現在……

白綺繡笑著擁抱他，蘭息如春風，均勻規律暖熱他，她十指輕梳他的長髮，撫摸他的肩頸，像在撫順他的細毛，像在告訴他，我在這兒，我在你身邊，是我、是我，別怕，別害怕……

他要得更多，五年的等待，值得獲取更甜美的補償。

久違的炙燙，炫麗如火花，探進彼此衣裳內，撫觸彼光滑肌膚的手掌，都帶了火，她的渴望並不亞於他，急不可耐的人，何止是他？

他吻她怕癢的玉頸，她吻他吞嚥困難的凸起咽喉，他吻她敏感細緻的膀子內側，她吻他鼓譟巨響的左邊胸口……

衣裳被視為阻礙物，脫得快、扯得急，拋落遠遠的。

架子床上繫綁的波浪帷幔，來不及被解下，遮掩旖旎春光，誰都無暇顧忌它，他們只專注於彼此，眼中只剩對方，再容不下其他。

她讓他亢奮，他讓她沉迷，他們急於填補五年來的空虛，互相慰藉彼此的寂寥。

即便他躁狂激動，仍沒忘記身下的她多麼易碎脆弱，他必須要更加珍視她，他必須要小心呵護，他必須……

她沒給他當君子的機會，她不要他為了她，忍耐壓抑。她可以的，承受他的熱情、包容他的炙慾，她沒有他以為的嬌弱，她不要他的溫吞，她要他盡情愛她，奮力騁馳。

她知道如何摧毀他的理智，她的唇抵在他耳畔，只說了一句話，換來他沉吟粗喘，緊接著便是忍耐潰散的完全爆發，他挺入縛軟緊熱的祕境，戰慄傳遍四肢百骸，那種歡愉，逼人貪婪、要人沉淪，她呻吟間，瞇細的媚眸凝覷他漲紅逞歡的臉龐，她主動親吻他的鼻梁、他的嘴唇，招惹他更火燙的燃燒。

他在她的深處，充滿她，開始甜蜜造反，以高熱體溫與她交纏，染紅她一身美麗粉櫻色澤。

小手環住被薄汗濕濡的緊繃背脊，指腹撫摸盤踞他身上的黑色疤痕，珍惜不己。

當柔荑重新捧住他的臉龐，他拽著她的白嫩手掌，送到嘴間輕齧淺咬，在她掌心嚐見自己濕鹹的汗水。

「綺繡……」

「我在這裡。」

她回應他。

不讓他的呼喊落空。

不讓他像以前一樣，只聽見自己的聲音。

「綺繡……」他眸子發熱，抱她抱得更緊更緊，嵌進她的柔軟，感受她羞怯又熱情的裹束。

「我在這裡……」

他滿足低笑，身體與心，都因她而獲得饜足。

遙遠的花，如今，綻放在他懷裡，為他芬芳，開得恁地嬌豔美麗，他的花兒……

白綺繡被他累壞了，最後是昏厥過去的，當她再度迷迷濛濛睜眼醒來，室內是熟悉的闃暗，這樣的黑，令她震懾，眸子驚恐瞠大——

她怎麼還在這裡?!

怎麼仍舊被困在一片深濃空曠的黑境之中?!

難道……一切只是夢嗎?

那些與赫連瑤華的重逢、與赫連瑤華的再續情緣、與赫連瑤華終於守得雲開見月明的幸福,甚至是激烈迷人的汗濕擁抱……都是她作出來的夢嗎?!

是了……她一直在黑暗之中。

在一個連她自己都不知道是哪兒的地方。

這裡,什麼都沒有,只有她、黑,以及無止盡的空曠。

原來她在作夢,夢中,她以為他與她得到了圓滿,那全是她編織出來的幻覺,是幻覺……是她太渴望而產生的幻覺,它不是真實的,她沒有死而復活,沒有金絲蠱,沒有嚴家當舖,沒有娘親的祝福,沒有赫連瑤華……

什麼都沒有。

從飲下鴆毒死去之後,她就身處於黑幕間,她隱約知道自己死去、隱約明白那樣的自己不過是條幽魂,那片黑,是蒼茫陰界,她被關在那裡,無論走了多遠,永遠看不見光點;就算跑得氣喘如牛,依然僅是原地踏步……

她總是在黑暗中哭泣,除了她的哭聲,還有好遠好遠的簫聲,吹著她不懂的曲調,無比悲哀,像陪著她一塊兒哭。

對了,她記起來了,那時……

女娃，怎麼了？與簫聲同樣遙遠的聲音，竟清晰如貼耳呢喃。

這裡是哪裡？我出不去……我走不出去……

因為妳還不能出去呀。

為什麼?!

妳問我為什麼嘛……我該怎麼向妳解釋生死簿上的差錯呢。而且，那差錯，還是拜我家頭兒失手打翻墨，才會弄糊妳那一頁命數，將妳的五年給……後頭幾句，有些自言自語的嘀咕加嘆氣，然後，聲音笑了笑，溫醇如酒，恢復悠然口吻，是悅耳的男嗓：妳雖已死，又不算真正的死，妳的情況有點像是「寄放」，對，妳被寄放在我們這裡，時間到了，就算妳想留，我們也留不住妳。

我聽不懂……我聽不懂你在說些什麼？

何必要懂呢？妳只要知道，現在的妳所該做的，便是等待，那就夠了。男嗓帶走簫聲，讓她重新歸於靜寂。

你是誰？別走！請你別走！跟我說明白些……拜託你，我要等誰？要等多久？然後呢？然後呢?!

只有黑暗回應她。

她慌得不知如何是好，這種似懂非懂的情況，最教人害怕。

除了哭，她什麼事都無法做……

「綺繡?綺繡醒醒，快醒醒——」

她蜷縮的顫抖身體被人摟住，狼籍哭泣的小臉，教一股溫柔力勁輕輕拍打，她再度緩緩張開眼，哪裡還有黑暗?屋裡的燭，全數燃上，赫連瑤華憂心忡忡的面孔佔據她所有視線。

「妳在作惡夢。」

「……夢?」

「對，妳作夢了。」他擦去她的淚痕，不斷安撫她。

她的眼，填滿惶惑，環視周遭一遍又一遍，屋內好明亮，沒有一絲黑暗，她小口呼吸，試圖平穩吐納，她的指尖陷入掌心，痛，她覺得痛……會痛就不該是夢，對吧……

「……瑤華。」

是怎樣的夢境，竟將她嚇得臉色蒼白?

赫連瑤華被她睡夢中的哭號抽噎所吵醒，她不斷流淚，雙手在半空中彷彿要抓住浮木般慌張無助。

「清醒些了嗎?」他輕聲問。

她的雙手捧起他臉頰，在確認掌間的溫度是真真切切。

「你不是我夢見的幻影吧?你是真的吧……不會突然不見?」她還處在夢與現

實的斷層之間，哪個是夢，她分不清楚。她好像作了很長很長的一段夢，而她也好害怕那只是一場虛幻，害怕自己的清醒，不過是夢境之夢。

「傻瓜。」他用力吻她，吻到彼此險些窒息之後，再朝她紅灩的水澤下唇留下咬痕，咬疼她，卻不咬傷她。「這樣妳仍覺得是夢嗎？或者，我該抱妳去好好泡場鴛鴦浴，妳才會完全醒來？」

神智總算是因為這個強取豪奪的吻而逐漸回籠，眸裡的慌亂和混沌正慢慢褪去。

「我作了一個好可怕的夢。」她偎在他胸前，密密熨貼，聲音仍含淡淡的抖動。「夢見我在那團幽暗中，無法脫身……我不確定那是不是夢，它真實得像是我親身經歷，好似我真的囚在一個黑暗的地方，待了好久，等候著誰來帶我出去……」

在一個沒有他的地方，孤寂，無助，害怕，迷茫。

「妳等到了，我將妳帶出來，不是嗎？」他笑得好傻。

白綺繡先是一呆，慢慢地，豁然開朗，夢境裡，春風般說著話的男人，告訴她的語意，終於明瞭。

她等待的人，就是他，完全不曾想過要放棄她的固執男人。她等了好久，她讓他也等了好久……

莫心急、莫害怕，等待的果實絕對是無比甜美，因為接下來，妳可以與他攜手七十三年，那可是一段相當漫長的日子，至少，以人類而言，呵呵。她想起了似夢似真的溫厚男嗓說過這般的話。乍聞之時，她不懂，聽不進去，只沉溺在無邊的恐懼中，如今能夠重新回憶起他語意中的隱喻，再三咀嚼，她捉住某些端倪，那男嗓的身分，呼之欲出——

原來……

白綺繡不再害怕那無邊的黑暗，它並不是一個囚牢，它是光明希望來臨之前的冀盼，雖然孤獨寂寞，然而黑暗之外，有人守候著她、期望著她，陪伴左右。

她已經從黑暗中掙脫，他帶領她，離開了那兒。

等待的果實，絕對無比甜美，那男人說得太對了。

「瑤華，我發覺我忘了跟你說一句話，很重要的話。」白綺繡笑中帶淚，脫俗絕倫的燦美。

「是什麼？」他湊耳到她唇邊，要聽仔細些。

她給他一個最熱絡的擁抱，像娃兒撲進爹娘懷裡的撒嬌。

「我回來了。」

他笑她稚氣的動作，卻被她的話語煨熱了心窩。

多簡單的四個字，多難盼到的四個字。

他吁嘆，黑睫蓋住眸裡的喜悅及濕意，將她攬緊。

他也欠她一句話——

「綺繡，歡迎回來。」

惡官吏

決小明

原本這本的書名，應該是標題那三個字，與之前同系列的才有一致性，不過，既然當它是番外篇，有某些小節上，就隨心所欲（簡言之：任性）一些吧，畢竟，這本書的重點，沒有放在那隻赫連當官的部分，取叫《惡官吏》恐有詐騙之嫌（雖然袁姊覺得這個書名比目前封面上那個還要優，但是，隨心所欲嘛，嘻）。

「遙花」，在某一天夜裡，它劈進我的腦子裡，跟我說，取這個名字好不好？一方面，它是男主角姓名相似音；二方面，它代表著他懷抱愛妻甦醒的美夢希望，遙遠，又有些虛幻不實，他也會害怕美夢永遠無法達成，只是嘴上不敢說；第三方面，它也像是綺繡心裡的掙扎，本以為幸福很美，美得像花，卻遠若天邊，這輩子恐怕都擁有不了它──

他是她的遙花；她是他的遙花。

我喜歡這樣的含意，也喜歡它和男主角姓名的關聯，而且，當初在取男主角名字時，完全沒有想到這層巧合，現在順應老天爺賞我的靈光乍現，就把它拱起來用，嘻。

只是，當這兩隻也差點變成我的「遙花」時，讓我險些以為這本會寫不完（泣）。

大概是寫完《小當家》之後，光明正大放了假，完全放空思緒（茫然呆），只想每天打電動打電動打電動打電動（無限輪迴ing），收假時，又變身成為小學生，拒絕上學，雖然放假期間，我非常有幹勁想去收拾一下某本還沒寫的同人誌，但是（有了這兩字，就代表著後頭的答案不會是某人發奮工作三天三夜不睡努力完成它……），計畫趕不上變化（實際上，沒有計畫），我被紙黏土給困住了，快快樂樂做手工藝品去了（捏東捏西捏得好快樂！我真的好喜歡不用花腦力的活動），連電動都沒有打（買了好幾年的GAME還沒玩呀呀呀呀呀），想當然耳，還沒寫的同人誌，一樣沒寫（哭）。

報應的苦果，來得很快，人生先甘後苦，如果甘得太腐爛，後頭的苦瓜就會長得非常大顆……

本來就知道這一對不會讓我太好過，果不其然，我充滿幹勁上工的頭兩天就卡、住、了！╯(。▽。)╰╯(。▽。)╰←消極的high法……

對於死前死後的戲分分配，還以為自己可以公平地一半一半，但計畫趕不上變化（出現第二次了這句話，足見它有多好用，套在任何情況都適用），那兩隻賴在前半段的劇情裡死不出來，一遍又一遍破壞了我設定的大綱（沒有這種東西），到後來我已經放棄，決定隨便他們，他們想怎麼演就怎麼演好了（喂，這樣好嗎？），有本事你們就給我演兩本呀！我捲袖子等你們呀！

幸好，在預定的字數裡，他們終於放過被蹂躪踐踏到不成人形的我了……（感動拭淚）

記得我剛寫完第十章，開開心心跟朋友說：「我終於寫到第十章了！(≧◇≦)」

「恭喜妳，那就快寫完了呀！」朋友回答。

「應該沒這麼快（寫了十二章）……因為我的女主角才剛死耶……」

「(⊙o⊙)……」

不過，死掉就是另一種重生（至少，在這本妖異小說裡），所以我從第七章就一直求女主角死，但她不死，硬是拖到第十章，嗚嗚嗚……↑我真是一隻狼心狗肺的作者吶（目遠）……

（喝口茶先）

原先設定的死後劇情沒有這麼平和，白綺繡醒來之後，應該會態度凶狠無比，我甚至安排了不少句狠話要讓白綺繡對瑤華大吼，像是「你去死呀！你死了我就開心」哇啦哇啦之類的氣話，但那兩隻自己演得濃情密意，害我找不到地方安插狠話，事後也證明，狠話抽掉是對的，因為寫完稿後沒幾天，發生了一件真實新聞，就是未婚夫妻吵架，女方用簡訊傳了氣話，說大家一起去死這類的話，結果男方真的自殺死亡，女方後來也拿掉肚裡的雙胞胎孩子，氣話的代價，是三條人命……

話，真的不能亂說吶。

什麼死不死的，不要自以為爽快地說出來就能解決任何事，多可怕呀，不好不好，大家要多說好話才行（像我偶爾陪娘親出門逛街，被攤販阿姨誇我可愛，我娘親就會跟我說：「妳聽，人要多說好話，讓聽的人開心，也是做善事嘛。」↑娘，妳這句話最傷人啦，嗚嗚嗚……）。

（再喝口茶）

再另外補充一下，這是一本充滿想像的言情小說，請不要用太實際的眼光看待它。

不要問我，人死了五年為什麼還能活（因為這是設定，咱家金絲蠱花了兩年孵出來的成果），或是五年不吃不喝都沒關係嗎？（因為這是我虛構出來的，五年不吃不喝，還是要打點滴才能維持生命，我設定的綺繡是一切身體機能都停下來，不會變老不會餓），它是一本不太正常的言小，雖然裡頭沒有神沒有怪沒有妖，還是被我寫得很離奇^_^||……金絲蠱這玩意兒也開始變種，大概是大呆也不算是正常的金絲蠱，牠又肥又大又強壯，生出不正常的後世，才能成就這本書的男女主角（那隻黑色的應該要叫什麼呢？黑絲蠱？好像也不錯）。

「嚴家當鋪」在這本畫下句點，謝謝陪著我與那些傢伙一塊兒走到這裡的大家（心），如果大家還願意繼續聽我說故事下去，我會帶著滿滿感激再努力的！

雖然今年進度嚴重落後（別奢望我會說出「下半年我會拚死補回來」這種話……），明年我會少放幾天腐爛假的。

祝福大家，平安快樂。

ps.每年生日總是收到讀友送的禮物，讓我覺得超不好意思，謝謝你們的體貼和用心，我現在在這裡說了哦：除了卡片之外，不要破費送我任何東西，你們翻閱我的書（如果中意，覺得故事合你們胃口，願意以買書方式來支持），對我就是最棒的禮物了(*^__^*)。

第七章，陸寶珠鞭笞德松與白綺繡的劇情——
啪
啪
是誰指使妳混進府裡?!目的又是什麼?!說!
啪
啪
赫連瑤華
住手——!
是誰給妳這麼大的權力處置我赫連瑤華的人?
帶著所有陸府人馬，滾出赫連府!
為什麼犯錯的人是她，被趕出去的人卻是我?!

就憑妳無禮鞭打
赫連府的——
少夫人。
少
夫
人
白綺繡
德松
陸寶珠
?
大家好久不見
少夫人?!

真是超大膽的告百耶——
兩隻BL漫熱愛者
德松，恭喜你！
要幸福哦！
咦?!
終於被扶正了你！
剛剛赫連瑤華當眾人面前說你是少夫人耶！
綺繡，我不是……
瑤華，你放心，我會祝福你！
我早就看出你對德松很不一樣

看你因德松被鞭子亂打而發怒，跳出來捍衛他，真教人感動。
我會成全你們主子和護衛果然是最棒的配對♥
不……我……
你還傻傻站在這裡做什麼？趕快攙德松去擦藥呀！
呃那個……
白綺繡，同人女資歷八年
喜歡的BL漫畫家族繁不及備載……
同好♥
我家有一整櫃書哦！想看我可以借妳！
陸寶珠，同人女資歷四年

只有我一個人這麼覺得嗎？，赫連瑤華和德松某些時候總給我一種曖昧感，打著那段寶珠揮鞭痛扁德松（實際上是要打綺繡啦……）的橋段，赫連瑤華說出「少夫人」那三字時，我噗哧笑了出來，然後，這次的漫稿靈感就成形了……

大概是太久太久沒寫BL過過乾癮了，才會某症狀發作，不知道為什麼，有讀友反應赫連這隻傢伙和古初歲也有一腿（沒有，他們很清白），雖然漫畫惡搞，還是要替赫連說一句話——他是很癡情的，不會變心（笑）

有婦之夫玩起來沒有樂趣啦，呵呵……

決明 2010.5.10

祝大家閱讀愉快！